Para Luis [illegible]

de

Julio Torres

2005

E mail julsor@cooptotoral.com.ar

Julio Torres
5236 - Va del Totoral - CC Nº 8
Pcia Córdoba

¡Tigre, tigre!

JULIO TORRES

¡Tigre, tigre!

Ediciones del Boulevard

Av. Roque Saenz Peña 1234 Dto. D
Te/fax: 54-51-719546
E-mail: delboulevard@si.cordoba.com.ar

ISBN: 987-9234-24-3

Hecho el depósito que indica la ley 11.723
Impreso en Argentina

EN LA SELVA

CAZADORES

A Alfredo Cahn

Misiones, 1958

—Soy de Córdoba, tengo veinte años y quiero ser escritor —le dije.

El Director de Minas y Geología de Misiones era joven —no tendría más de treinta y seis años— alto, longilíneo como los jugadores de basquet, que lo era, blanco de canas prematuras y de una contagiosa simpatía.

—En Deseado —dijo con un tono burlón en la voz— los tigres rodean las carpas por las noches y cuando llueve, a veces no se puede salir del campamento por un mes.

—Justamente es por éso que le pido el trabajo —le dije.

—Sisisisisisisisi —dijo en un staccato que después se haría clásico cuando nos concedía graciosamente algo que le pedíamos y que después jamás llegaba— mañana a la madrugada lo pasa a buscar el camión por el hotel.

Y antes de que llegara a la puerta para irme, entre angustiado y feliz, me alcanzó, me agarró el brazo cariñosamente y agregó, serio esta vez:

—Usted va a ser uno de los pilares de la Siderurgia Misionera.

El campamento de las «pedreras» de Deseado era un conjunto de carpas, cedidas por el Ejército, alineadas en un claro arrancado al monte sobre la vera sur de la 101, la ruta que une San Antonio con Puerto Iguazú.

A Santo Antonio —el gemelo brasileño del San Antonio nuestro— íbamos al quilombo y a comprar provista —el cambio era favorable a nosotros en esa época— y traíamos arroz, porotos, vino frambua —espeso, áspero, ácido, intomable— cigarrillos Hollywood, rollos amargos de tabaco «amarelinho», y la magia de «Manchete» o de «O cruzeiro» a todo color, para masocarnos viendo increíbles mujeres en bikini que el aislamiento brutal y la soledad de meses las volvían dolorosamente tangibles.

Puerto Iguazú, en cambio, nos parecía París.

Había un casino provincial en el Hotel Turismo y una Cantina —el Yacaré— donde podíamos comer bife de chorizo con huevos fritos y tomates frescos; carne, verdadera carne de Buenos Aires.

Cuando cobrábamos, cada tres o cuatro meses, llegábamos desaforados —después de peludear veinte horas con el Skoda sobre la ruta hecha jabón— a reventar la plata en el Casino y a la pesca de los contingentes de maestras de vacaciones que venían del Sur.

Chicas de Córdoba, de Santa Fe, de Mendoza, de Buenos Aires, que tiraban la chancleta púdicamente con los barbudos disfrazados de Daktari que les llenaban los sueños, infatuadas con la magia del trópico, así como los mbarigüíes les llenaban los blancos tobillos de ronchas al menor descuido.

El agrimensor jefe del campamento le tenía terror a las víboras.

Había comprado un piso de tablones en Caburé-í —un aserradero cercano— y clavado la lona de la carpa al piso, poniendo tan juntos los clavos uno al otro, por las víboras, que el primer ventarrón cortó la lona como si le hubieran pasado un cuchillo al ras.

Se fue a sus pagos con un pretexto y hasta que consiguieron otro, un burócrata que no le tenía miedo a las víboras, pero que tenía todos los vicios de los burócratas —todas las argucias para pasarla bien y hacer lo menos posible— anduve trebejando con el teodolito y las planillas hasta que los peones paraguayos —los Jara— me pusieron «ingeniero guaú»[1].

Una intriga burocrática lo hizo disgustarse conmigo injustamente, pero por suerte también se fue al poco tiempo corrido por los mbarigüíes, el aburrimiento y los constantes incumplimientos de las promesas feéricas de la Dirección.

Quedé de ingeniero-guaú jefe con Nerio Martínez, que también se había presentado a Minas y Geología varios meses después que yo, diciendo: «Quiero ir a trabajar a Deseado porque lo conozco a Julio Torres», y el sentido de humor inagotable del Director hizo que lo tomara en el acto y lo fletara en el primer viaje del mismo camión que me había traído a mí.

Por aquel entonces habíamos organizado el campamento a lo Mogambo: un edecán, don Justo Agüero, nos preparaba el baño diario en un tarro con ducha soldada abajo tras de un cortinado de tacuapí y nos engrasaba con primer jugo bovino Swift las botas alpinas de Grimoldi, nuestro mas preciado tesoro en el monte, lujosa barrera contra las espinas y las yararáes.

Como la media res semanal prometida... «Sisisisisisisisisi» por la Dirección llegaba tarde y nunca, dos peones que tenían perros se encargaban —malversación de jornal mediante— de seguir la partida de macheteros por la cresta de los cerros que encerraban las picadas de vinculación, campeando.

Los venados, los tapires, las acutias acosadas por los perros pasaban frente a la partida y alguno allí les disparaba.

La carne se repartía en el campamento por cabeza y los cazadores se turnaban.

Comíamos arroz con palmitos —otro peón iba a cortar palmitos frescos todas las semanas— y reventábamos tacos de di-

[1] Ingeniero «como si fuera»

namita en las hoyas del arroyo Yacutinga para sacar tarariras y sábalos, que traía Nerio en un portafolio viejo.

Había que chuparlos —no se los podía mascar por la espina molida por la explosión— pero pescado, es pescado.

Habíamos organizado el horario en «días pucú»[2], siete horas desde las seis de la mañana a la una, sin parar, para no volver al campamento a almorzar, y evitar reiniciar el trabajo a la tarde feroz, totalmente de acuerdo con los paraguayos y los «caboclos» brasileros de la cuadrilla.

Casi fuimos sumariados por éso y por las duchas Mogambo cuando nos echaron.

Los yacimientos superficiales de mineral de hierro de Misiones y de todo el continente del Gondwana, son producto de la decantación de compuestos solubles en el agua de lluvia en las hoyas, quebradas y bajíos que hay entre los cerros.

Los depósitos se han originado alrededor del hilo de agua que ha sido el conductor de las sales depositadas a lo largo de los eones.

Los «descubierteros» buscaban esos arroyos, los ubicábamos en el mapa con una poligonal de vinculación referida a la poligonal de la ruta 101 y los evaluábamos en espesor y superficie haciendo series de hoyos de muestreo perpendiculares al curso central.

Eran depósitos lenticulares como bateas cóncavas de entre tres a quince hectáreas, desperdigados sobre el millón de hectáreas elegidas por la Direccion para explorar, separados por cerros de quinientos a setecientos metros de altura y en promedio tenían un espesor de entre diez centímetros en los bordes hasta un par de metros en el centro, en el mejor de los casos.

La ley era baja, entre el veinticinco y el cuarenta y cinco por ciento de material ferroso.

La piedra, cribada de agujeros, es llamada «tacurú» por la

---

[2] Día largo

similitud con los hormigueros que cunden sobre los campos limpios del territorio provincial.

Con esas piedras férreas construyeron los jesuítas San Ignacio, San Carlos y las otras misiones del área.

El gobierno desarrollista de la provincia había hecho caballito de batalla del verso de la siderurgia y la Dirección de Minas necesitaba cubicar un millón y medio de toneladas para justificar la instalación del alto horno.

Las obras civiles, las picadas, los puentes infinitos para llegar al material, la dispersión de las palas extractoras y los cientos de campamentos que había que armar y desarmar por pocos días para el despacho a Posadas de un mineral de tan baja ley, tan disperso geográficamente, tan distante; el monte milenario que había que topar, quemar y desperdiciar para acceder a yacimientos mínimos, toda ésa baraúnda de cosas prácticas con que había que contar para organizar lo concreto era olímpicamente ignorada por los directores de la puesta en escena.

Misiones quería tener un alto horno; el costo y la utilidad no le importaban un pito a nadie.

—Soy geólogo —dijo el Director de Minas y Geología— he volado la zona. Posta, hay de dos a tres millones de toneladas en el territorio del Departamento San Martín solamente.

Y me miró con cara acusadora:

—¡Usted tiene que encontrarlas!

—Necesitamos un vehículo —dijimos tímidamente con Martínez—, perdemos la mitad del día yendo a pie hasta la entrada de los piques.

—Sisisisisisisi —dijo el Director—, la semana que viene llega un Land Rover nuevo, una casa prefabricada y una heladera a kerosén.

Treinta legisladores —Misiones es unicameral— ratificaron la promesa en una visita relámpago.

Un periodista del diario de Posadas —un enano rarísimo con una cabeza cilíndrica de extraterrestre— se explayó sobre el suceso futuro dándolo por presente en un artículo de varias páginas con encabezamiento de desastre.

Durante la visita no me había dejado ni a sol ni a sombra, interrogándome, asediándome.

Misiones iniciaba el despegue imparable guiada por la sabiduría oficial y nuestro sacrificio pionero.

A los tres meses de la visita legislativa nos asignaron un camión Skoda —uno de esos requechos de la guerra que trajo el IAPI en el '47— un bruto clavo de veinte toneladas, lerdo como una tortuga verde, inútil para el barro pegajoso que era la constante durante diez meses del año, mañero para arrancar y duro de boca como una mula.

De la heladera y de la casa prefabricada, nada.

Cuando la promesa, la prensa y los diputados, teníamos mal que mal cubicadas por la sucesión de ingenieros, unas cuatrocientas mil toneladas.

En los tres meses subsiguientes a la llegada del Skoda, Martínez y yo cubicamos hasta un millón doscientas mil.

Los borradores de las planillas eran perfectos; las poligonales, prolijas; los espesores, minuciosamente dibujados por los agujeros seriados; las muestras, excelentes.

Un agrimensor que no vino al campo, en Posadas, las transformó en un millón cuatrocientos sesenta y tres mil.

Que Dios nos perdone a los tres.

Pancho Queiroz —el dueño del aserradero Caburé-í— se apiadó de nosotros y nos regaló un camión de tablones de laurel.

Uno de los peones —Galeano, el sordo— que era medio carpintero, nos fabricó una espléndida casa de tres habitaciones, apenas en falsa escuadra, con galería, verandah y living.

La acabábamos de inaugurar cuando llegaron T.Utchino —Geólogo Jefe de la Kokan Mining Company— y Tokío Yamakata —representante de Toyota Motors en Argentina— de intérprete.

Tokío Yamakata parecía uno de esos horrendos luchadores de Hiro, pero se ocupaba del arroz y las sardinas de la dieta del Doctor con solicitud de geisha.

El Dr. T. Utchino era el hombre más educado y fino que he conocido en mi vida.

De sesenta años, huesos de junco y menos de sesenta kilos, con un tono de voz sedoso pero infinitamente firme, una discreción fenomenal hasta para roncar —roncaba como un gatito, dormía de espaldas con las manos cruzadas en el pecho como los santos— totalmente inodoro, insonoro y pausado, recorrió sin hacer un gesto las mejores pedreras.

Lo llevamos a donde nos habíamos esmerado en los sondeos y donde intuíamos mejor mineral.

Miró los altos de planillas en borrador, los agujeros seriales, olió y probó con la punta de la lengua felina las miles de muestras.

Hasta a mí, la ansiedad y la expectativa me habían copado.

Me clavó los ojos tras de los anteojos de Foujita y meneó la cabeza una sola vez.

—No way —dijo.

El hierro de Misiones no era viable.

El hierro de Misiones no era rentable.

El hierro de Misiones no le interesaba a la Kokan Mining Company.

Ni se hablaba en aquella época del impacto ecológico; vivíamos todavía la fantasía izquierdosa de la conquista de la independencia económica a través de la industria pesada y la hidroelectricidad estatal, pero la estulticia capitalista de la Kokan Mining se empeñaba en tener en cuenta los costos para aventar aviesamente las ilusiones públicas.

No puso la plata.

Los políticos se empeñaron y el alto horno se hizo con el dinero del contribuyente, se extrajeron unas cuantas toneladas de mineral, se efectuó una colada, se envió un ladrillo de arrabio a San Nicolás —cuyos laboratorios técnicos lo hallaron de excelente calidad— y desde ese día entró a humear alegremente en los aledaños de Posadas un modesto engendro parecido a una gran cacerola psicodélica rodeada día y noche del hormiguero de empleados del estado que se habían apresurado a nombrar sus promotores.

Un año de trabajo produjo apenas una cantidad de arrabio como para la carga de un día de San Nicolás.

Ya para ese entonces, la superabundancia de empleados públicos en la administración del juguete, el embeleco de los políticos por alguna otra novedad convocante y los aburridos números de la realidad, comenzaron a paralizar los gorgoteos del monstruo.

Varios años después fui a verlo, una ruina herrumbrosa, rodeado de una triste obra civil desmantelada, sumido en el olvido, monumento trágico al Estado empresario.

Yo fui —junto con Martínez— uno de los «pilares» sobre los que se edificó la fantasía.

De todo el circo me quedaron estos cuentos, la amistad con Chulo Torres y un montón de días de aventura y de gloria en una selva que todavía era casi virgen, donde los tigres rugían junto a las carpas en las noches espesas, las antas bebían chapaleando en los arroyos de madrugada, los cururúes inmensos se allegaban a darse un banquete de bichos en el círculo de luz de nuestros faroles a presión: días de aventura y de gloria que fueron los mejores días de mi vida.

EN LA SELVA

EL LORO

Piñalito, 1961

A Aguirre lo conocí una noche de mierda.

La luz del Skoda[1] había parpadeado dos veces y del cablerío del tablero salía un espeso olor a goma quemada.

Ibamos desde Dionisio Cerqueira hacia el Campamento de Minas y Geología de Deseado; la noche era negra, había llovido y la ruta —la 101— estaba pesadísima.

Era llegando a la cuesta de Piñalito.

El acompañante —un alemán brasilero flaco y encorvado— cabeceaba a mi lado en el limbo.

—¡Se jodió la luz! —había dicho, y agregó, medio dormido, alguna boludez para quedar bien.

Los focos habían titilado hasta quedar reducidos a un resplandor que apenas iluminaba adelante de la trompa del Skoda.

Había muchas mariposas.

El radiador tragaba enjambres, succionándolas como una aspiradora y el golpeteo de los cuerpos contra el panal simulaba una blanda llovizna.

Sin luz traqueteábamos a tientas en primera patinando

---

[1] Camión checoeslovaco sobrante de guerra.

en las huellas y tragándonos todos los pozos.

La selva recién lavada se alzaba en las banquinas a gran altura cerrando sobre el camino una bóveda renegrida que no dejaba colar ni un pedazo de luna.

Una curva apareció de golpe —la curva del 69— y enseguida la arribada resbalosa de Piñalito empezó a exigir el motor.

Tuve que meter la baja y las crucetas maullaron acremente al empezar a hacer fuerza.

El barro estaba bravo, las ruedas peludeaban en falso y el camión se bandeaba descontrolado de banquina a banquina.

Casi al llegar a la cima de la arribada la luz se ahogó para siempre en un chisporroteo azul y la humareda culminó en un estallido lívido.

—¡Puxa —dijo el alemán que se llamaba Nelsindo Stelter y, se suponía, era chofer y mecánico— agora tudo 'tá loco de bom! [2]

No había ni herramientas ni linterna.

Se veía a través de los respiraderos del capot el borne de la batería al rojo entre torbellinos de chispas.

No tenía arreglo.

Salí a mear a la noche puteando, cuando divisé erizado una luz que se acercaba a través del monte.

Di la vuelta al camión para sacar el revólver de la gaveta y me quedé esperando agachado junto al guardabarro delantero.

Stelter se había estirado a lo largo del asiento y roncaba descerebrado.

La luz continuó arrimándose, vacilante y extraña.

Subía y bajaba al paso de la silueta cambiante, a ve-

[2] Pucha, ahora sí que estamos bien.

ces alta y delgada, a veces ancha y gruesa.

Recién cuando estuvo casi al lado me di cuenta que lo que venía era un rengo y que el subibaja de la luz y la variación de la figura eran producto del paso de balancín y de la capa brasilera en que venía envuelto.

De cerca el engendro concluyó en la cabeza profesoral de Aguirre: temporales canos, frente alta, nariz augusta y ojos bovinos un tanto miopes, todo montado sobre los zancos rotos de sus piernas deformes.

Era muy distinguido para ser un chacarero.

Me di cuenta en cuanto preguntó con tonada porteña si había tenido una «panne» con el vehículo.

Desde ese momento Aguirre empezó a chocarme.

Lo de «panne» y lo de «vehículo» no pegaban en la zona.

Me estiró —esta vez sí— una mano reseca y áspera de trabajador del hacha.

—Usted tampoco es de aquí —me dijo enseguida con una envolvente sonrisa de complicidad.

Quería certificar que él «tampoco» era un salvaje local.

—Se me jodió la luz —le dije señalando el capot para cortar la charla— no puedo seguir.

Creo que le relampaguearon los ojos con cierta satisfacción.

—Deje al brasilero en el camión y venga a mi casa —me ofreció en el más puro estilo, dejando salir una risa pegajosa— no es el palacio Errázuriz por cierto, pero...

Lo seguí por un pique monte adentro tropezando en las puntas de tacuara, pensando que la última vez que había estado en el palacio Errázuriz iba amartelado con una rubia esplendorosa, limpio, bien comido y con olor a Imperial de Brighton.

La «casa» de Aguirre quedaba a unos doscientos metros de la ruta y estaba tapada por un tacuaral tupido, por eso nunca la habíamos visto al pasar.

Salió a recibirnos un chico de unos trece años largos y huesosos, ágil y remudo como un potrillo, que sostenía un farol Petromax con el brazo en alto.

—Mi hijo... el señor... —nos presentó ceremoniosamente Aguirre y el chico me estiró la mano ceremoniosamente húmeda.

Pensé que ésta era quizá la primera vez que había tenido ocasión de practicar una de las innumerables reglas de urbanidad que el pobre hombre le repetiría todos los días, luchando desesperadamente para que la selva, el clima, el aislamiento y la falta de contacto no lo salvajizaran del todo, convirtiéndolo en un pequeño caboclo[3] más, inexplicablemente lindo e inexplicablemente rubio.

Después de haberme dado la mano, sorprendí la mirada vivaz interrogando al padre en busca de aprobación.

Quería saber si lo había hecho bien.

Subimos a la galería de tablones rústicos y al poco rato el chico alcanzó tres tazas de loza en una bandeja y una cafetera llena.

—¿No tendría bicarbonato? —le pedí, arrepintiéndome en el acto.

No tenía.

Me parece que lo avergonzó más no tener bicarbonato, que el que la sucia casucha —apenas un sobrado de bugre[4]— distara tanto del palacio Errázuriz.

El chico se quedó con la boca abierta viendo su tur-

---

[3] Hombre blanco que vive en el monte, semisalvaje.

[4] Indio semiintegrado del sur del Brasil.

bación.

Quizá hasta ese día lo habría creído la encarnación de todo lo perfecto.

Reventé la acidez con el café y con un bostezo evidente lo convencí que abandonara la postura de gentilhombre rural y me ofreciera una cama, renunciando a una sobremesa por la que parecía ansioso.

Me parece que esa noche dormí en la cama de la familia —una tarima de tacuapí con colchón de chala y sábanas muy limpias— y que la familia durmió tirada sobre unas bolsas en el cuarto de al lado.

—¡Pobre Aguirre!

Recién conocí la miseria al otro día, o descubrí una que ni él mismo, con todo su complejo de fracaso y forzado optimismo se podía imaginar.

Los tablones dejaban colar el viento y la humedad helada y tuve que achicarme entre las dos mantas ralas y la cotonina dura rellena de chala.

Todavía las costillas reviven a veces esa noche crujiente.

Peor debió pasarlas el alemán en el auto, porque heló tanto que se escarchó hasta el lavatorio que había afuera.

A la mañana, Aguirre me esperaba con su sonrisa meloza frente a las tazas de café humeante.

Le vi bien las manos, el zapato atado al pie de la poliomielitis, las facciones arañadas por el sol, la tierra y el humo y me di cuenta que ese par de hectáreas de rozado mal hecho, la casa en falsa escuadra, la huerta huérfana y el bananal raído eran los jalones de la derrota de esas manos de contable por la hostilidad invencible de la selva.

Vi también el librito de Borges recién desempolvado

que simulaba leer, los zapatos finos que parecían recién sacados de la valija donde habrían estado arrumbados por años, la escopeta cara —una drilling Sauer-Krupp de maharajá— y me dio pena.

Desenfundaba sus galas para que yo no me equivocara respecto a su pasado, esmerándose en mostrarme harapos de los valores que decía haber abandonado.

Me lo imaginé con el hacha al hombro, saltando sin timón entre los palos medio quemados, carpiendo, descoivarando[5], haciendo unos pocos metros de leña para el aserradero que está a cincuenta kilómetros, seguido por el chico y por el perro, sin futuro.

Se disculpó del conato de chacra que yo veía al frente.

—¿Ve aquella desmontada en la otra orilla del arroyo? —me indicó nervioso— he hecho limpiar para plantar pinos este año. Acabo de pagar quince mil pesos al personal —terminó.

Le creí, porque era imposible que él sólo hubiera podido echar abajo las cinco o seis hectáreas que me señalaba.

Conversamos un rato de bueyes perdidos, sobre la plantación y sobre el invierno tan bravo, y no lo dejé que me acompañara los doscientos metros que me separaban del camión varado en la ruta.

Recién unos meses después, Olsen —el gringo administrador del aserradero Samu'í— me contó la otra parte de la historia del rengo.

—¡Oh, oh!... un g'romantico, un loco —dijo despectivamente mientras vigilaba con un ojo los tablones que me estaban cargando los peones.

---

[5] Limpieza de ramas y leña de un desmonte.

—¡Peg'ro que herg'mosa mujer la mad'gre del chico! —agregó golosamente después.

—¡Perg'dió mujer, perg'dió coche, perg'dió casa puerg'to, todo kaput!

—¡Sabe todo, genio pag'ra negocio! —resumió lapidario— aseg'radero, fábrig'ca palmito, zebúes imporg'tados, org'quídeas, novelas —abrió ambas manos estirando el labio grueso y carnal—. ¡Ahog'ra, dele maxado y foixa[6] como un neg'ro. Tanto aristócrato!

Aguirre no había tenido suerte.

Había venido al puerto Iguazú hacía cinco años después de un ataque de poliomielitis tardío que lo había masacrado; pero todavía con unos pesos y lleno de ímpetu por probarse a sí mismo en una situación límite.

Alvarenga, el botero guaireño, había agregado una pieza más, sazonada con su acento.

—¡Sombrero caá[7] le guampeó todito —me contaba entusiasmado mientras me pasaba en el bote a Foz do Iguazú— vino otro porteño piracambú[8] y llevó mujer!

Fundido, rengo, cornudo y porfiado, se refugió en el monte con apenas un vecino también hostil, Olsen, distante unos cincuenta kilómetros.

La mujer se había ido con uno de Aerolíneas, cansada quizá de tanto fracaso, siguiendo esa lógica tan femenina de preferir un empleado sólido a un héroe disuelto, o tal vez no pudiendo soportar el contacto con esas patas secas y retorcidas que horrorizaban al verlas.

Le dejó su imagen viviente clavada en el alma: el chico espléndido; y él vivía temblando de que alguna vez qui-

---

[6] Dele hacha y hoz, como un negro.

[7] El seductor de una mujer casada, en paraguayo.

[8] Pez que se mete por el ano de los nadadores (pícaro).

siera reclamarlo.

Nadie se ocupaba de un rengo harapiento, el único habitante en treinta mil hectáreas de selva casi virgen.

A mí, personalmente, su optimismo defensivo y su ostentosa modestia me resultaban repelentes.

Pasó un tiempo en que no se supo nada de él, hasta que en una parada en la cantina del aserradero Caburé'í para comprar cigarrillos, me enteré del final espantoso de la historia.

Cuando se le acabaron los pocos pesos que tendría, pagó los peones y se dispuso a quemar la roza él mismo, con el chico.

Nadie que haya visto quemar un rozado bien seco, sobre todo si hay mucho tacuapizal abajo, puede hacerse una idea aproximada de lo que es aquello.

Se prende fuego en dos o tres puntos buscando el favor del viento.

En pocos segundos la fogata se desparrama por toda la extensión en una sola pavorosa llamarada de hasta treinta metros de altura, los palos secos se desmoronan con el estrépito de cien topadoras juntas, los tallos de tacuara llenos de aire estallan en una cohetería de paroxismo y el calor de las llamas levanta un tornado de chispas y cenizas.

Los palos siguen ardiendo varios días, pero el ciclón del incendio dura a veces menos de una hora, enseguida se asienta sobre el suelo cocinado y el lugar negro de carbones se aplasta bajo una calma muerta.

Por días —hasta la primera lluvia que hace brotar el yuyo— no queda un atisbo de vida en el lugar, ni una brizna, ni un gusano, ni una hormiga, ni un cascarudo extraviado.

La selva chamuscada parece retraerse frente al paisaje lunar que crea la feroz intromisión del colono.

Ahí fue cuando a Aguirre lo remató la mala suerte.

No lo he visto más y no quiero encontrarlo.

No quiero oirlo describiéndome lo que siente con toda la gama de sus filosofículas, de sus términos rebuscados, de sus citas de Og Mandino, de Dale Carnegie o Henry Ford; no quiero compartir confidencias espantosas, no quisiera verlo nunca.

Esto no es juego, uno se lame solo en el infierno y el que no quiera joderse, que se vaya.

No hay sitio para llantos.

En el desmonte había un cedro viejo, inmenso; el cedro tenía un nido de loros chupinos —unos loros azules que aprenden a hablar fácil— y el chico quería agarrar uno.

El día de la quema fue a hurgar el nido para sacar los pichones. Cuando estuviera listo iba a gritar para que el padre diera fuego.

Hay mucho palo en equilibrio precario en una desmontada.

Una rama pesada se volteó apretándolo por el medio contra una horqueta, al decir de un camionero que anduvo curioseando después.

Parece que ya tenía el pichón en la mano.

Se puso a gritar al padre para que viniera a desencajarlo.

El rengo, al oír el grito, echó a correr a lo largo de la orilla del desmonte metiendo la antorcha con gasoil en los montones de tacuara seca.

Un viento sostenido del lado de Wanda hizo el resto.

Dijeron que Miroslav Praus —el encargado de la Dirección de Minas— lo había encontrado en la galería de la casa junto a una jaulita de caña para el loro varios días después.

—¡Gritó, gritó que ya lo tenía! —le dijo a Praus.

El checo contó que se le ha puesto todo el pelo blanco.

¡NEIKE!

Deseado, 1961

—¡Neike![9] —el hombre no llevaba látigo, sólo una liviana espingarda brasilera de avancarga, pero el látigo era la voz.

—¡Neike! —animó de nuevo a la perra que había quedado rezagada olfateando la maleza.

Apuntaba con el hocico húmedo y sensitivo hacia un sitio y levantaba una mano, erizada y alerta.

Ya llevaba el rastro.

—¡Neike!

Soltó un «sapucai»[10] agudo azuzando a los otros perros que se le habían adelantado en la caza.

El bayo, desde unos cien metros más adelante, le contestó con un aullido lastimero.

También llevaban el rastro ellos.

Los tres perros avanzaban al trote lento por el pique, de tanto en tanto enterraban la nariz en el suelo rojizo, después estornudaban y reanudaban la marcha.

Siempre al trote, meneando las colas, con las narices húmedas pegoteadas con la tierra colorada. Un gemido

---

[9] ¡Rápido! guaraní, interjección para apurar a un trabajador.

[10] Alarido.

de excitación; cuando los olores se hacían más nítidos, un gruñido de respuesta a los silbidos del hombre, espaciados, interrumpían cada tanto la intimidad de la selva.

—¡Neike! ¡Neike! —la perra, panzona de dos meses, se retrasaba.

El rastro torcía por un camino de indios enredado entre los tallos finos del tacuapizal cerrado que le formaba un túnel encima.

El hombre seguía al paso vivo orientado por el gemir intermitente de los perros.

—¡Ahí va, añá membuí![11] —dijo el hombre en guaraní.

La rastrillada de los perros —nítida sobre el barro colorado— se encimaba al rastro del pie desnudo del perseguido.

La perra soltó un ladrido corto y nervioso, avisando.

Había visto algo.

Poco después tuvo que saltar para no pisar la urutú dorada que se encrespaba al medio del pique.

El otro la había clavado al suelo por la mitad con una astilla larga de tacuapí.

Un revés del machete tiró la cabeza terrorífica a varios pasos de distancia, mientras la perra se encarnizaba con el cuerpo negrodorado que laceaba el suelo salpicando la sangre a chorros.

—¡Ah... yagua'í![12] —exclamó.

Se imaginó la cara de burla del cainguá[13] cuando le preparaba la víbora en la mitad del camino.

Las víboras andaban inquietas por la época pero la perra era una luz: no se había dejado sorprender.

---

[11] Hijo del diablo.

[12] Perrita.

[13] Parcialidad de indios guaraníticos del Paraná.

No había día que uno no se topara con dos o tres y ya dos peones habían sido mordidos.

—¡Neike! —volvió a fritar.

Estaban cortos de personal y se estaba poniendo difícil cumplir con los compromisos que tenía el obraje.

Las lluvias habían empezado temprano tirando todos los planes abajo.

Para colmo, a los contratados —aburridos por la inactividad— se les daba por disparar en cuanto caían en la cuenta de que no alcanzaban a cubrir los adelantos y la libreta con el poco rinde del trabajo.

Míster Queenie es redondo, barrigudo, bajito y rosado, con parches rojos en cada cachete, un cepillo de pelo acerado y una boca de cuchara de té.

Tranquea ansioso de rincón a rincón del obraje sobre un par de altas botas de polista pechando y pechando para zafar del desastre.

Míster Queenie se abalanza a abrir las cartas cortantes de la Agencia en Buenos Aires que le trae cada quince días Yunes, el sirio estafeta. Corre a abrir la bolsa antes de que el sirio se apee de la mula.

«Sólo he podido conseguir charque apolillado y fariña amojosada —escribe Míster Queenie— y algo de cachaza de contrabando.

Han desertado nueve, tres han muerto por víboras»

Y en el próximo correo le llega la respuesta: «Doscientos rollizos de peteriby, doscientos rollizos de guatambú, doscientos rollizos de incienso, doscientos rollizos de palo rosa, doscientos rollizos de ibiraró, antes del 28 de marzo. Va un barco con dos chatas, imposible zarpar sin carga completa. Urgente, urgente, ... ¡Neike!, ¡Neike!...»

Y el sol, y la lluvia.

El sol que levanta cortinas de vapor y convierte la selva en una olla a presión a fuego vivo.

—¡Into hell![14] *—putea Míster Queenie en el dorso de la nota que acaba de recibir, con los fundillos de los breeches caqui empapados de sudor.*

El escriba paraguayo lo mira a través de las pestañas de muñeca, con la mirada esquinada de sus ojos de chino.

—Usted sabe Alcides, en Europa, esas putas, esos maricas pitucos no saben lo que cuesta el secretaire donde escriben sus esquelas.

—Sí, Míster «Quini» —asiente el hombre.

«Siempre se ha hachado madera», piensa.

El mundo siempre ha sido el lugar donde se duerme cuando se puede, se come cuando se puede y donde se hacha madera.

Míster Queenie, como todos sus antecesores, está loco, la selva le ha fundido el seso.

Y después, bajando prudentemente la voz, dice:

—«Che Míster Quini», anoche desertó otro de los cainguá

El gringo se vuelve con los ojos inyectados y por un momento el escriba, Alcides, cree que le va a pegar un puñetazo, pero el otro sólo brama:

—¡Shit![15] *—y echa a caminar hacia la barraca de madera.*

Era el décimo que desertaba, a poco de cobrar el «adelanto».

Alcides sonríe sólo con los ojos fruncidos, sin que se le mueva un músculo de la cara.

En el bolsillo del pantalón abolsado tiene el toco con parte de los adelantos con que lo han untado los diez desertores para que demore en pasar el parte.

---

[14] Al infierno.

[15] Mierda.

—¡Neike! ¡Neike! —gritaba el hombre, enterrándose hasta la mitad de las polainas en el bañado.

El perseguidor era uno de los encargados del obraje —montero y tigrero— uno de los ocho «capangas» que mantenían a látigo y machete el orden, la disciplina y la autoridad sobre el montón de indios, paraguayos y brasileros que hachaban por contrata.

Sólo los muy guapos, los muy sobrios y los muy ordenados podían remontar la devolución del adelanto y la maraña de anotes en las siempre pasadas libretas y salir de la contrata con algún peso, al cabo de la temporada.

A los otros les quedaba el reenganche de por vida, hasta que alguna víbora o alguna fiebre los liberara para siempre, o el rajarse dejando la cuenta para ir a engancharse lejos en otro obraje igual por un nuevo adelanto y una libreta nueva.

Para eso estaban el capanga y los perros.

A unos cincuenta metros, entre el matorral de helechos, escuchó el chapoteo de la perrada en el barro y la perra que volvía a encarar encarnizada. Algún bicho se les «había puesto malo».

«Otra víbora», pensó.

Tiró el cerrojo casero de la espingarda y comenzó a arrimarse trabajosamente, hundiéndose en el barro.

Los perros se habían juntado bajo una rama donde colgaba una tira de loneta azul.

Recogió el trapo de un tirón y los volvió a animar con el grito.

El bañado terminaba a los pocos metros y enseguida se cerró adelante del hombre un tacuarembozal tupido.

El capanga sacó el machete que le castigaba el muslo

y empezó a abrir un pique para pasar.

El brazo hábil abría el paso con el revés y el derecho al ritmo de la carrera.

—¡No te me vas a ir! —exclamó con encono.

Una punta de caña le había rayado la mejilla tostada con un trazo de sangre.

Los perros lloraban apenas unos metros más adelante imprimiéndole a la cadencia de las gargantas secas la misma cadencia de la corrida.

El hombre cruzó en dos saltos una naciente que se perdía en la hojarasca, salpicando con los pies descalzos el agua hedionda.

Ya se escuchaba el ruido del otro cuerpo atropellando el cañaveral con los perros mordiéndole los garrones.

Los azuzó otra vez a gritos aunque sabía que no eran de abandonar la corrida.

El bayo soltó un gruñido ahogado como si hubiera mordido y el barullo de la pelea revolcándose en el yuyal le llegó cortado por un grito de dolor.

—¡Ya! ¡Ya! ¡Ya! —gritó, mientras envainaba el machete y se largaba a pecho monte traviesa hacia el lugar.

Llevaba la espingarda lista, apartando las ramas y los tallos con el caño en lugar del machete.

—¡Pará, paráte, añá membuí! —alcanzó a gritar, antes de que el machete del otro bajara sobre el cogote de la perra, prendida al pantalón de loneta azul, y la cabeza rodara por el suelo.

La humareda de la pólvora negra se enredó al estruendo del disparo a quemarropa sobre las hilachas de la camisa empapada.

Lo último que vio el hombre fue la cara lustrosa, lisa, los ojos retintos de bicho acorralado que se le venían encima y el chorro de brillos del machete que describía un círculo completo para darle en el centro del cráneo con un ruido a campana de palo.

El cainguá, con un boquete en el pecho por donde le entraba el puño, rodó cubierto de barro empequeñeciéndose y disolviéndose en un enredo de perros y sangre.

Míster Queenie se arrimó, agitado, a la capa trémula de mariposas sedientas, a la costra de moscas verdes, al enjambre de cascarudos dorados que se afanaban sobre los cuerpos y se puso el pañuelo de batista debajo de la nariz, mientras Alcides se sonreía con los ojos sin mover un músculo.

El bayo se arrimó a los hombres, gimiendo y arrastrándose.

Por el tajo del costillar le entraba y le salía algo como una esponja rosada.

—Pegále un tiro —le dijo Míster Queenie al escriba alcanzándole el revólver Webley sin sacarse el pañuelo de la nariz.

Alcides se alzó de hombros pensando en el gasto inútil, arrimó la boca del caño a la oreja del perro y apretó el gatillo.

El administrador, acezando, añoraba la fresca neblina de Londres, añoraba una Guiness bebida treinta años atrás en el Prospect of Whithey, en el 57 de Wapping Wall, mirando el Támesis, añoraba el último té decente en casa de su madre, una casita en Bournemouth, frente al mar, con cortinas de cretona floreada.

Movió con la punta de la bota la cabeza del alzado.

Era un indio, un caingúa de la sierra Victoria, jovencito, membrudo.

—¡Nunca cumplen! —dijo Mister Queenie.

—¡Shit! —agregó, cuando oyó el tiro.

El bayo tiritaba en el último estertor mordiéndose la lengua rosada.

—¡Shit! —repitió—. ¡Esas putas, en Europa, esos maricas pitucos, si supieran lo que cuesta el secretaire donde escriben sus esquelas...!

—Ché Mister ... —dijo el escriba, Alcides, que se reía por los ojos, pero no completó la frase.

ROBUSTIANO CORONEL

Puerto Adela, 1962

El hombre miró atentamente alrededor escudriñando el tacuapizal cerrado y paró la oreja para pescar el más mínimo rumor del monte.

Sobre el barro lustroso de la picada había visto el rastro de un pie.

—Guayaquí[16] —murmuró, mientras se atajaba la respiración y alzaba la vista hacia las copas de los árboles.

Era un pie chico, de gruesa planta quebrajeada y dedos abiertos, donde resaltaba la impresión del dedo gordo muy separado.

Por la húmeda nitidez de la huella se dio cuenta que el indio hacía apenas instantes que acababa de pasar.

—Ha de andar buscando colmenas —pensó.

Mientras hachaba en el abra, días antes, había visto pasar mucha abeja por el lugar.

Casi esperó oír el golpe del hachita de palo con que debería estar tanteando los troncos podridos.

No se oía ni el canto de un bicho, ni el aleteo de un pájaro, ni el silbo de un acutia[17] perdido; el monte parecía

---

[16] Indio insumiso del Paraguay.

[17] Especie de roedor solitario.

que se había puesto en puntas de pie a escuchar.

Era un paraguayo que hachaba por tanto para un obraje de Puerto Adela y se llamaba Robustiano Coronel.

No tendría más de treinta y cinco años, era de crencha dura, una pedrada de oro le llenaba el portillo de un incisivo, el colmillo y el primer premolar perdidos y la ramazón de las venas le envolvía en una malla de cables el movimiento de la musculatura bajo la piel azafranada.

Con pausa, de miedo que el movimiento de sus propios tendones o del roce de la loneta de la camisa contra la piel lo pudiera delatar al oído finísimo del otro, descolgó el Winchester que llevaba a la bandolera y accionó lentamente el cerrojo para meter la bala en la recámara.

El traqueo de la palanca al volver a su posición lo dejó sin resuello; había sonado como un estampido en el aturdido silencio.

—¡Añá mem'buí! —sopló— me estará mangueando, mangueando.[18]

A lo lejos, sobre la ceja de sierra donde moría la maestrilla[19], oyó los aullidos lúgubres de un carayá[20], y una saracura[21] pió en el tacuarembozal que tenía a su derecha.

Le pareció que todo volvía lentamente a aquietarse sobre ese aliento de mil murmullos que amasan el sordo silencio del monte, y siguió la marcha con el hacha en la izquierda y el rifle montado sobre el antebrazo.

Cuando llegó al pie del üiraró que había marcado el día antes, dejó el arma al alcance del manotón, montada y

[18] Espiando.

[19] Picada para sacar la madera del monte.

[20] Mono aullador.

[21] Pájaro del monte.

bala en boca; se arremangó y empezó despaciosamente a trabajar.

Ya había volteado veinticinco toras[22] en el abra y pensó que en diez días más iba a enterar la cantidad de pies cúbicos a la que se había comprometido.

Entonces podía bajar al obraje, avisar que vinieran con el Caterpillar y los camiones, hacer que le midieran y cobrar.

Se iría a Posadas o a Encarnación a gastar la plata.

Todavía tenía haber del contrato pasado y aunque la cantina de Almirón era cara —cobraban doscientos pesos argentinos por una lata de viandada— él vivía con muy poco.

Un cajón de grasa, una bolsa de harina, sal, cartuchos, un rollo de tabaco en soga, arroz y una lata de extracto de tomate le alcanzaban para vivir una eternidad.

Ya había cazado dos venados, un mborevi[23] que le dio carne ahumada hasta empacharse, entrampado varios acutias cerca de donde tenía el rancho y muchos yacúes[24].

—Se cansé de comer yacú —había dicho en el obraje la última vez que había bajado del monte.

Cosa rara, Robustiano Coronel no chupaba.

Poco a poco se le empezó a calentar el cuerpo y el hacha a caer crónica y cierta sobre la garganta prolija del corte, dando vueltas alrededor del hombre sudado como un segundero de brillos parejos.

De vez en cuando miraba de reojo a la espesura —atento— y medía el gesto hacia el Winchester listo, pero el tiempo que pasaba sin señal de vida acabó por darle

---

[22] Troncos de madera ya volteados y listos para llevar al aserradero.

[23] Tapir.

[24] Pava del monte.

confianza.

El guayaquí, calculó, se habría ido atemorizado.

Así fue pasando el día, absorbido por el palo que le daba trabajo.

Era un palo derecho —sin caída— y tuvo que medir bien los cortes y el contracorte para obligarlo a ir donde él quería.

Al promediar la tarde, después de haber comido la chipa seca que llevaba en la alforja y unos puñados de reviro[25] frío, le dio recién el golpe de gracia.

Dos, tres hachazos y lo sintió que empezaba a temblar y a quejarse, para hacer después un intento de torsión sobre el eje vertical, acomodarse sobre la cuña, indeciso, y recién derrumbarse lentamente como un monstruo malherido y rebotar en un trueno sordo sobre la tierra aplastada.

Había dejado un tajo abierto en el techo del follaje por donde se desbarrancó la luz emplomada de la tarde.

Tras el estampido se le vino encima el griterío triste de los monos y el revuelo sin esperanza de los pájaros desalojados.

—Palo duro —dijo tanteando con la yema del pulgar el borde vil de la herramienta terminada y se dispuso a volver a su campamento.

Estaba hecho el día.

Al agacharse a juntar sus cosas para irse, oyó en un tronco próximo un picoteo furtivo; alzó los ojos y tuvo que esquivarle el bulto a la sombra del cuerpo que atravesó el espacio a quince metros de altura sobre su cabeza.

El guayaquí había estado hurgando un panal en el nudo de las ramas de una guayubira vieja y disparaba del

---

[25] Cocido de harina y grasa, revuelto con un palo.

furor de las abejas colgando de la punta de un bejuco que se estiraba de un árbol a otro.

Se agarró diestramente a una rama gruesa y al instante desapareció tras el follaje espeso.

Lo vigiló un rato con el rifle.

Le había alcanzado a ver bien la carita fruncida, la barbicha, la tonsura pelada, el cinturón de fibra con que se sostenía el pito atado del prepucio y el culo al aire.

Era del tamaño de un chico de doce años, llevaba en la mano un arco más grande que él y un mazo de tres o cuatro flechas.

Después de esperar un rato alerta pensando que se le iba a hacer oscuro, hurgó en la alforja hasta encontrar un paquetito roñoso de sal gruesa y un pedacito de naco; lo dejó ostensiblemente junto al palo caído y tomó el sendero hacia su sobrado.

A la mañana siguiente estuvo temprano en la hachada.

Oscuro se había levantado para repasar el hacha con el molejón y apenas despuntó la luz echó a andar pegajoseado aún por el rocío.

Otra vez, por precaución, llevaba el rifle listo, pero había preparado un bulto de sal, tabaco, dos botones de jean —de bronce con letras— y seis cápsulas vacías del Winchester lustradas con ceniza, para dejarle al vecino.

En el mismo sitio donde había puesto las cosas el día antes, encontró, ensartadas en un palito, dos pedazos de panal de avispa que no pudo aprovechar porque se habían llenado de hormigas.

Acomodó su paquete de regalo al lado.

Después abrió un pique ancho de cincuenta metros hasta un peteriby que ya tenía señalado, limpió un abra grande alrededor, para moverse con comodidad, y como el día antes, empezó a trabajar sosegadamente.

Más confiado, dejó el arma en el suelo junto al pie izquierdo, sin montar.

Pasó un día igual a otro, pero tuvo que dejar el derrumbe para después.

El corte le había salido un poco torcido hacia el Sur y temió que de apurarse, el árbol caería mal y podría rodar dentro de un barranco.

Mañana trataría de arreglarlo.

A la vuelta encontró los restos del paquete picados como si hubiera mascado el papel.

Las cosas se las había llevado, pero no halló nada a cambio.

Todavía era temprano, y decidió apurar el paso para darse un baño en el arroyo al lado del sobrado[26] y así sacar la sal del sudor que le ardía en la espalda.

Tenía que lavar algo de ropa también.

Echó a andar pensando en otra cosa, con el hacha al hombro y el Winchester flojo en la mano, y se distrajo tanto que el encuentro lo sorprendió dejándolo clavado en el sitio.

El guayaquí saltó al medio de la maestrilla desde atrás de un helecho, con el arco tendido y el ceño fruncido por la fuerza.

Se había pintado unas rayas negras de hollín en las mejillas y en la frente —radiales como los rayos de un sol de logotipo— y la cara granujienta le brillaba de sudor y de rabia.

Robustiano Coronel sintió el golpe del proyectil en el pecho junto al sobaco izquierdo antes de oír el bordonazo de la cuerda, y vio el arco, nítido, que era tan

---

[26] Ranchito hecho de hojas imbricadas de palmeras pindó.

largo que arrastraba casi un extremo por el suelo.

No supo en que momento botó el hacha.

Con el primer balazo lo dio vuelta en redondo abriendo grande la boca y con el segundo, que le dio de lleno en el costado, lo levantó en el aire y lo derrumbó sobre el matorral de helechos desde donde lo había emboscado

Allí se quedó pateando y tiritando mientras se moría a borbotones; recién entonces Robustiano Coronel se acordó de que el segundo tiro tenía una cruz honda en el plomo que él le había hecho para matar antas.

Allí el dolor se le echó encima.

Una cuarta de flecha le asomaba hacia atrás —cerca de la paleta— y hacia adelante le sobraban cinco cuartas.

Pensó un rato en lo que tenía que hacer, tratando de no respirar, y después se echó un puñado de tabaco en la boca y agarró el cuchillo.

Marcó con prolijidad el cabo de la flecha, que le salía por adelante, y después, de un golpe seco, lo cortó de cuajo.

Se hizo un emplasto de tabaco y saliva sobre el burbujeo del agujero, y luego, contorsionándose de dolor, hizo lo mismo con la punta que le salía por la espalda.

Recién entonces, aliviado del cimbroneo, se arrimó a mirar al muerto.

En el cogote, de collar, llevaba las seis cápsulas de bronce atadas con un piolín de bejuco.

En la herida del pecho, grande como un bostezo, ya se le estaban juntando las moscas.

Era la de la bala mocha.

Escondió el hacha en un ortigal y echó a caminar por la maestrilla ya a oscuras.

Había diez kilómetros hasta la picada maestra, y de

allí, cincuenta kilómetros hasta Puerto Adela, hasta el río y el obraje.

—Me tendrán que llevar a Asunción, a operar —se dijo mientras caminaba.

Casi no sentía dolor.

Al día siguiente llegó al obraje a media mañana, verde de fiebre, pero bien.

Le dieron un bote casi lleno de cachaza brasilera y se lo llevaron en la lancha automóvil de la Administración.

Robustiano Coronel vive todavía y hacha como siempre.

En los boliches muestra, a veces, el tajo de veinte puntos que le hicieron los cirujanos para sacarle el astil y el molido recorte del diario de Asunción que dio la noticia: allí cuentan todo tal cual fue y figuran completos su nombre y su apellido.

GATO RUBIO

Cabure-í, 1962

A este Casildo Villalba sólo se lo notaba de entre el montón por la obstinada eficiencia en el trabajo.

La práctica del hacha filosa le había dado una musculatura de atleta que a cada movimiento reverberaba en aguas sinuosas bajo el lustre madera de la piel de mestizo.

Se le adivinaban los nudos de la fuerza bajo el nylon espumoso de la camisa ordinaria, o a través de los múltiples sietes del género.

Un jopo lacio le tapaba la mitad de la frente, pegajoso de brillantina y lociones, y el aletazo rubio ocultaba, cuando miraba desde abajo, la mirada escurridiza de bicho del monte.

Hacía pocos meses que había llegado a Cabure-í pidiendo trabajo y en las planillas se había hecho anotar con el nombre de Casildo Villalba, explicando que un pariente o un conocido le enviarían pronto la papeleta y los permisos de inmigración temporal desde algún lugar que no quedó registrado.

Faltaba gente en esos días, así que en el escritorio no hicieron demasiado hincapie en el asunto.

Poco a poco empezó a correr el rumor, y el apodo de Gato Rubio o «yaguatirica» pasó de boca en boca, pero la bulla quedó abajo, entre los paraguayos, sin filtrarse hasta la plana mayor.

En los obrajes las vías de comunicación están en permanente cortocircuito para ciertas noticias y lo que brama en el chismerío de las barracas no llega jamás a donde puede traer consecuencias.

Esto se debe a veces a la solidaridad y generalmente al miedo.

La cantina funcionaba en una barraca de madera junto a la ruta rojiza y desde la galería de tablones musgosos se divisaba, a lo lejos, el largo galpón de la fábrica de terciados y las grandes sierras de cortar «sánguches»[27].

La construcción, coronada por las chimeneas que soltaban pitadas de humo espeso, parecía un largo steamer varado en medio del oleaje de la selva compacta.

Un barrio de casuchas de madera encalada se extendía sobre la piel herrumbrosa del desplayado donde se estiraban sin ton ni son las vigas que esperaban turno para ser enganchadas a los carros.

Un profundo olor a iglesia salía del aserrín amontonado en todas partes cubriendo el vaho de los restantes olores que venían del monte.

El alarido sibilante de las máquinas llegaba velado por la distancia.

La ruta pasaba por la cresta de las sierras y el galpón y los depósitos estaban sumidos en el valle del bajo.

—Don Fáuler recibió hoy la plata del pago —dijo uno que estaba acodado sobre el mostrador y el Gato Rubio paró la oreja.

---

[27] Troncos tableados y rearmados con duelas para el transporte.

Desde la picada donde acomodaba toras con la Caterpillar había visto la avioneta de la administración dando vueltas sobre el campo, la había visto planear y descender.

Se echó de un taco el dedal de Cubana y pagó con un billete arrugado.

Luego salió y cruzó la calle que era un desierto rojo aplastado por el sol —el calor chorreaba como lava líquida sobre ese trecho sin sombra— y se dirigió a una de las primeras barracas.

Frente a la fábrica se alineaban los camiones que esperaban completar la carga para salir hacia el puerto.

Ocho F 900 y un Scania formaban hilera junto a las planchadas, recibiendo sobre los chasis y los truques, miles y miles de pies de «sánguches» cinchados con duelas de acero, miles de metros de terciado tibio aún, recién sacados de las prensas, miles de listones de machimbre y parquets.

Faltaba media hora para que los estibadores terminaran de cargar, entonces la caravana subiría cuesta arriba la calle principal, tomaría la ruta y partiría pesadamente hacia el río.

El Gato Rubio calculó su tiempo.

Rascó imperceptiblemente en la parte posterior de la barraca, hasta que oyó el ruido de un catre y alguien se levantó en el interior.

Acto seguido echó a caminar hacia los hangares que también servían de garage.

Antes de llegar a la puerta corrediza, ésta se desplazó sin estrépito, dejando una rendija por donde se deslizó otro hombre afuera.

Era un mesticito esmirriado al que le decían

«Sapucai».

—¿Arreglaste los autos? —le preguntó el Gato Rubio y el otro asintió con la cabeza.

Después se encaminaron hacia las oficinas pasando por la parte de atrás de la fábrica, donde sortearon las grandes pilas de aserrín y retazos junto a los viejos tambores de gasoil, cubiertas desechadas de camión y recortes de sierra de acero.

Un poco más allá se alzaba la pared verde de la selva enredada de bejucos y parásitas.

—Por aquí —señaló el Gato Rubio al pasar frente a un piquecito que se perdía entre los árboles.

La ruta que faldeaba la sierra en dirección al puerto rodeaba el bajo donde estaban los galpones y el pique era un atajo para llegar hasta ella.

—Ya sé —aprobó Sapucai y miró medrosamente en la profundidad del pique sombrío.

—Almirón va a ir por la ventana de atrás —agregó Gato Rubio tranquilamente.

Alcanzaron el otro extremo del establecimiento y se pararon a esperar a la sombra de la bomba de combustible, un delgado rectángulo que apenas alcanzaba a atenuar el ardor.

Alrededor, bajo la luz despiadada, el lugar parecía un pueblo bombardeado y desierto lleno de residuos torcidos.

El chillido lacerante de las sierras mordiendo la madera y el golpeteo de la usina hacían trepidar el manto de fuego.

Sapucai alzó maquinalmente el brazo.

Un grueso reloj barato brilló en la muñeca raquítica, la malla de metal bañado no alcanzaba a ceñirla.

Barnes & Noble Bookseller
801 West 15th St, Suite E
Plano, TX 75075
(972) 422-3372
02-26-05 S02586 R008

BARNES & NOBLE MEMBER EXP:04-30-05

Essential Dictionary of		8.95
0760746176		
DISCOUNT	9.95 - 1.00	
SUB TOTAL		8.95
SALES TAX		.74
TOTAL		9.69
AMOUNT TENDERED		
CASH		10.00
MEMBER SAVINGS		1.00
TOTAL PAYMENT		10.00
CHANGE		.31

Thank you for Shopping at
Barnes & Noble Booksellers
#167133 02-26-05 04:55P KimVan

Valid photo ID required for all returns, exchanges and to receive and redeem store credit. With a receipt, a full refund in the original form of payment will be issued for new and unread books and unopened music within 30 days from any Barnes & Noble store. Without an original receipt, a store credit will be issued at the lowest selling price. With a receipt, returns of new and unread books and unopened music from bn.com can be made for store credit. A gift receipt or exchange receipt serves as proof of purchase only.

Valid photo ID required for all returns, exchanges and to receive and redeem store credit. With a receipt, a full refund in the original form of payment will be issued for new and unread books and unopened music within 30 days from any Barnes & Noble store. Without an original receipt, a store credit will be issued at the lowest selling price. With a receipt, returns of new and unread books and unopened music from bn.com can be made for store credit. A gift receipt or exchange receipt serves as proof of purchase only.

Valid photo ID required for all returns, exchanges and to receive and redeem

—¿Qué son? —preguntó el compañero.

—Faltan diez —dijo el otro mirando el sol por instinto y el ángulo de sombra del surtidor.

Después echó a caminar hacia el escritorio de Mister Fowler.

Se sacudió los pies en un felpudo de tapitas de cerveza clavadas boca arriba y se acomodó el mechón que le emparchaba el ojo.

En lo más recóndito conservaba todavía un respeto ancestral por el santuario omnipotente de la Administración.

—¡Mbaepá! —saludó al escribiente y éste le contestó con un gesto estudiado de superioridad.

Sabía escribir —lo que le permitía vivir cerca de los patrones— y miraba con desprecio a sus compatriotas pygh-nandí[28].

—¿Qué querés, caraí? El pago sale mañana —dijo.

El Gato Rubio bajó humildemente la vista.

—Vengo a hablar con don Fáuler por mi licencia —explicó, mirando el reloj eléctrico que había en la pared—; quiero ir a ver mi gente, mi'mo.

El otro iba a replicar con un gesto de fastidio, pero se abrió la puerta del escritorio contiguo y apareció Míster Fowler; bajito, rosado, indefenso —con una nariz surcada de vénulas rojas— y lo miró escrutadoramente a través de los anteojos sin aro.

—¡Ah!... sos vos, Villalba —dijo, y agregó sin ninguna necesidad dirigiéndose al escribiente—: es muy buen personal.

—¿Si te doy tu licencia ahora, vas a volver para abril? —y antes de escuchar la contestación atajó con un gesto

---

[28] Guaraní: pie desnudo, descalzos.

de impaciencia lo que sabía que iba a escuchar: una larga retahila de protestas de fidelidad y de promesas dichas a media lengua en el tono quejumbroso y entrecortado de los paraguayos.

Había hecho tontamente esa pregunta.

El hombre iba a volver si quería, si le convenía, si lograba juntar suficiente fuerza de voluntad para arrancar de regreso, si se le ocurría de golpe ganar plata, si no se le ocurría desplazarse quinientos kilómetros en cualquier dirección para buscar trabajo en otro obraje igual a éste, donde le pagaban lo mismo, donde viviría en la misma barraca de recortes de terciado, y donde podría gastarse el «haber» con la misma Cubana en una cantina de tablones igual, o porque sí.

Hacía treinta años que lidiaba con esta gente.

Y hubiera dado uno o dos de los que le quedaban para emborracharse un sábado a la noche en un pub de Picadilly Circus o del Strand, donde solía ir de muchacho.

Hizo un gesto hacia el hombre para que pasara a su escritorio alzando el mentón corto que se le perdía entre los mofletes de piel tirante y aniñada.

—Tráiganme el haber de Villalba —le ordenó al escribiente—. ¿Viajás ahora?

—Quiero ver si agarro los camiones —fue la respuesta.

Mister Fowler miró también el reloj y le dio la espalda para abrir la combinación de la caja fuerte.

Hurgó las rueditas con los dedos redondos y después tiró trabajosamente de la puerta de acero.

El escribiente le guiño el ojo al Gato Rubio, mientras le alcanzaba zalameramente las planillas al «viejo».

Después de la mala voluntad inicial y del engreimiento quería capitalizar el éxito de la gestión.

En el fondo, vivía entre dos miedos: el miedo de disgustar a los grandes de arriba, por un lado, y el otro, el de malquistarse con los de abajo, ligeros para el cuchillo y siempre acechando el momento de verlo caer en desgracia y volver a las picadas de los hacheros de donde había salido.

El Gato Rubio lo miraba inmutable.

A lo lejos oyó el ronroneo de un burro de arranque, una detonación seca, un golpeteo y luego el bramido de un motor pesado que moderaba.

Una sonrisa apenas perceptible le deformó por un instante la línea filosa de la boca sin labios.

Otro bramido se sumó al primero, y luego otro, y otro más, alternando las toses con los estampidos de las explosiones en falso hasta que la caseta empezó a vibrar suavemente.

Los camiones estaban lejos, pero el ruido era ensordecedor a más de doscientos metros a la redonda.

Cuando Míster Fowler levantó la vista de la planilla se enfrentó con el caño del Smith & Wesson señalándole el pecho.

Alcanzó a boquear antes de derrumbarse sobre el escritorio salpicado; el segundo tiro le rozó la frente y rebotó en la pared arrancando una larga astilla.

—¡No me mate a mí, cara-í[29], que los dos somos paraguayos! —gritó el escribiente aterrado, pero ya Almirón le había disparado desde la ventana.

El Gato Rubio lo remató mientras Sapucai, frente a la caja fuerte, echaba los sobres a puñados en una bolsa de

[29] Guaraní: señor.

lona mugrienta.

Salieron por la ventana los dos después de haber trancado la puerta por dentro.

Cruzaron junto a la bomba de nafta y atravesaron el desplayado lleno de desperdicios —como si fueran a tomar el turno en los carros— hasta llegar a la línea del monte.

Allí ganaron el pique y echaron a correr hacia la ruta.

El último camión paró resoplando para recoger a los tres hombres.

Ninguno habló con los otros.

Viajaron por seis largas horas caniculares acuclillados sobre una lona en el espacio entre la cabina y la carga de vigas que se bamboleaba de un lado a otro.

Antes de llegar al puerto, el Gato Rubio golpeó el techo para que los dejaran bajar.

El camionero se extrañó de que no fueran hasta el pueblo pero no dijo nada.

Los tres hombres echaron a caminar por una picada abandonada.

Dos leguas más allá la picada moría en el Paraná en un lugar donde hacía meses tenían escondida una canoa.

Caminaban meditabundos, resollando con la boca entreabierta, perdidos los pensamientos en quién sabe qué fantasmas de opulencia, de barriles de caña y de mujeres pintadas de la ciudad.

Dos habían decidido ir a Asunción a comprar ropa, radios y buenos relojes y a correr una buena farra; después, uno —Sapucai— iría a ver la madre en Villa Rica.

Almirón era guaireño e iría al Guaira.

A pesar del cansancio, apuraron el paso.

Tenían hambre; habían salido sólo con un reviro comido a los apurones a la mañana temprano.

Ya habrían tenido tiempo en el obraje de reparar la cablería destrozada de alguno de los autos o de encontrar un distribuidor para reemplazar los que Sapucai había tirado al pozo de la cal.

El Gato Rubio miró otra vez la muñeca flaca de Sapucai y apretó los dientes.

Todavía faltaba una hora.

Al final llegaron acezando a la costa casi a la carrera y se pusieron a botar la canoa.

Estaba un poco reseca y había perdido algo del calafate, pero alcanzaba para llegar al otro lado.

Alguien la había descubierto y se había llevado un remo.

Antes de botar, el Gato Rubio improvisó una toletera[30] de popa atando el remo restante con el cinturón y les indicó a los otros que empujaran.

Cuando estuvo a flote los dejó subir, mientras él la tenía quieta afirmando los pies en el agua.

Después, estirándole la bolsa con la plata a Sapucai, le dijo:

—¡Tome compañero, acomódela donde no se moje!

Sapucai se agachó a ponerla bajo el asiento de proa y recibió un tiro en el oído.

Almirón saltó en la popa, pero el otro se había puesto a menear la canoa cargando la fuerza y el peso alternativamente a babor y a estribor, así que sólo pudo abrir los brazos y tratar de mantenerse sin éxito y se fue al agua.

Quiso nadar enredado en la ropa o manotear la borda; pero el Gato Rubio ya se había acomodado a bordo y desde allí le puso dos tiros en la cabeza casi a quemarropa.

Empujó los cuerpos lejos con el remo y los miró bo-

---

[30] Horquilla donde calzan los remos.

yar lentamente hasta el centro del río.

Vio unos tirones en la ropa y un burbujeo agitado en torno de la mancha aceitosa que se extendía alrededor y se dio cuenta que no habían tardado en llegar las palometas.

Alzó la vista hacia el cielo vacío y empezó a remar sin mucho esfuerzo, apenas para guiar la embarcación, tratando de aprovechar la corriente.

Lo mismo le daba llegar a kilómetros río abajo.

Observó con indiferencia el agua que hacía el fondo del bote.

—Va a haber que achicar dentro de poco —pensó.

La bolsa de lona no se mojaba.

Cerca de la caída del sol —ya llegando a la otra orilla— oyó el zumbido a lo lejos.

Apuró con el remo y consiguió atracar en un sitio limpio.

La última bajante, que había sido lenta, había recortado la barranca gredosa en mil escalones festoneados.

Por ellos trepó rápidamente hasta perderse en un cañaveral.

El Piper zumbaba como un mangangá, registrando la costa; el Gato Rubio imaginó al oficial de Prefectura con los anteojos de larga vista intentando ubicar un bulto blanco que se moviera en medio de la maraña.

Hizo un gesto despectivo hacia la otra banda.

Ahora estaba de su lado, no le podían hacer nada.

Al día siguiente buscaría una senda que lo llevara hacia un poblado, o a la ruta.

Hizo una cama con hojas de tacuapí y ramas y se tiró a dormir con la bolsa por almohada mientras el zumbido del Piper se perdía en la tarde.

EL PÓ-RA

Deseado, 1962

Usted, Cahn, sabe que yo no miento.

La gente que me conoce en Córdoba sabe que no soy capaz de pretender hacerles creer algo que no sea la estricta verdad.

Estoy seguro.

Pero aún así he tenido estos papeles metidos en un cajón sin decidirme a mandárselos hasta hoy.

Todo empezó hace seis noches.

Vivíamos en carpas y el campamento era apenas una hectárea llena de yuyos con las carpas hundidas en el ardor del mediodía atroz y arrugándose en las medianoches heladas.

Era invierno en Deseado.

Sólo a la hora de la luna se pasaba un rato agradable, cuando decaía la furia de los mbarigüíes[31] y uno se estiraba bajo las estrellas a mirar el muro sombrío del monte que apenas a unos sesenta pasos se alzaba respirando susurros y crujidos.

Era la hora de seguir infinitamente el error de las ma-

[31] Jejenes.

riposas precipitándose contra el vidrio del soldenoche o de esperar el Echo que aparecía con ciega constancia sobre una timbaúva seca que surgía en altura por entre los demás árboles para perderse enseguida en el helechal gigante que había junto al bañado a nuestra espalda.

Conversábamos, a veces.

Esa noche escuchamos lechuzas.

La gata ronroneaba y arañaba la ropa en el cajón de la ropa sucia, debajo del catre.

Las saracuras que empollaban en unas ramas secas junto al agua de la naciente se inquietaron y silbaron antes que apagáramos el farol.

Después la noche se asentó pareja, filtrando su hocico húmedo en todos los rincones, entre la ropa, bajo la sábanas, sobre el sudor con que barniza todo el lenguetazo del sol.

En los sobrados, a lo lejos, se veía de tanto en tanto agitarse la sombra deforme de alguno de los paraguayos cambiándose de lugar alrededor del fuego.

Poco a poco la niebla tragó los bultos confusos, envolviéndolos en un aliento a la vez helado y sofocante.

Quizá serían las dos.

Las sábanas húmedas estaban congeladas y una pulga o un polvorín que había en la cama no me dejaban pegar los ojos.

A esa hora el silencio es espeso e inapelable y afuera todo parecía muerto y petrificado.

Por eso el silbido largo y urgente cortó la oscuridad mellando los oídos con una vibración alucinante.

Rápidamente salté dentro de los mocasines con los pies helados y hurgué debajo de la almohada hasta que pude tantear el 38.

La carpa estaba atada con varios nudos y me costó deshacerlos con los dedos entumecidos mientras el silbido entrecortado se desplazaba de un lado a otro, como si partiera de algún monstruo cansado que galopara a ciegas.

Afuera la niebla todavía platinaba el aire y apenas se podían distinguir las aproximaciones de las formas familiares: el galpón vacío, los sobrados agazapados junto a la capuera[32] del fondo.

Un soplo liviano pareció anunciar que la quietud estaba por amotinarse, el vapor se elevó y se enredó a las copas de los árboles como un aluvión de crema, fría y pegajosa.

El silbido volvió a tajear el aire del lado del pozo de la basura, se extendió y se alargó hacia los sobrados de los peones haciéndose cada vez más agudo y amenazador.

No sin cagarme, créame, vi concretarse en lo incorpóreo de la niebla una especie de figura flaca que parecía apenas un ademán macabro del vapor iluminado.

Levanté el martillo del 38 y me quedé esperando junto a la esquina del galpón en sombras, semicubierto por el grueso pilar de enyico.

Un ruido leve de suelo fofo parecía sincoparse con el ruido que me hacía la garganta, al arrimarse el espectro.

Justo antes de quemarlo a boca de jarro me di cuenta de que el aparecido era Martínez, en calzoncillos, y también con su 38 en la mano, que como yo, andaba campeando el origen del silbido.

—¿Oíste?

—¡Sí!

---

[32] Maleza que reemplaza la selva en los rozados o chacras abandonados.

—¡Qué carajo...!

Brotó otra vez junto a las casas abandonadas, fluctuante, desgarrador, pareció alejarse hacia el bañado de los «sha-shi» —el helechal— y desapareció amortiguado por el gorgoteo del agua podrida.

Una luz tembleque estalló en el otro extremo del galpón, irisando la neblina y barnizó el rostro demudado de Jara Mitá Pucú.

Había salido del cuarto de la cocinera, pero estaba tan asustado que no le importó que descubriéramos el affaire.

—¡El póra! —gimió con la voz tomada—. ¡El póra!

Y señaló bajo de la mesa con los ojos duros.

La perrita pitoca —habitualmente bravísima para toda clase de bichos e intrusos— gemía con el tronchito de la cola hundido entre las patas.

Recién entonces nos dimos cuenta que no había ladrado.

El silencio había quedado electrizado, conmovido, arrastrándose sobre el desplayado abandonado, cuando Jara Mitá Pucú se hundió en la oscuridad de la zona de los sobrados.

Nosotros volvimos a las carpas.

La gata se había incrustado entre las sábanas y me jodió con las uñas todo el resto de la noche.

La luna se había hundido en la negrura hirviente del pantano, que parecía despierto y atisbando, habitado por una presencia demoníaca.

Mucho tiempo después supimos todo.

No nos queríamos dar por vencidos, al fin de cuentas

uno viene de la universidad y no la tragábamos; pero es claro que en el monte cabe hacer una revisión de conceptos y se puede llegar a sentir que acá hay una verdad distinta.

Todo cambia en este horno sin pausa, con el sol feroz, los pantanos eternos, el incendio de la siesta, el alcohol inclemente, la impaciencia, la abstinencia forzada, la monstruosa legislación del vegetal omnipresente.

Habían aparecido en abril.

Indudablemente los dos eran bandidos.

Esto no es una distinción en una zona donde todos los hombres son out-laws en alguna medida; pero en ambos —en Bastiao y Mané d'Almeida de pie junto a los caballos tiñosos, recién surgidos del monte— la mirada de aguilucho, la boca rapaz y el gesto entre enérgico y desesperado, eran más esencias de sus personas que cualidades accidentales.

Esas figuras nervudas transpirando violencia eran casi un insulto.

Pidieron trabajo con insolencia, como si en lugar de ello simplemente ofrecieran la excepción costosa de sus músculos de alambre a un precio de liquidación.

Las elecciones ya habían pasado, así que el interés de los políticos en lo que verséabamos en Deseado había decaído totalmente y se vegetaba sin combustible, sin provisiones y con los salarios tres meses atrasados, así que en lugar de darles trabajo en las «pedreras» los contraté para hacharme un rozado de cinco hectáreas en un lote que me había adjudicado la Dirección de Tierras.

Alguno de los peones que hacían sebo alrededor dijo

algo gracioso y Bastiao sonrió espetándome el brillo refulgente de su dentadura.

Bastiao d'Almeida tenía todos los dientes de oro.

Antes no había abierto la boca porque el trato fue con el hermano Mané que hablaba mejor el castellano.

Alzaron la bolsa de harina y los diez kilos de grasa que habían pedido de adelanto, las echaron al lomo de los caballos que se mosqueaban y salieron al tranco largo hacia el sitio meneando los enormes sombreros de cangaçeiro, las cananas de cuero sobado y las espingardas de avancarga cruzadas a la bandolera.

Se iban a levantar un sobrado antes de que llegara la noche.

La tarde se desbarrancaba apresurada y en el patio requemado por el sol y en los galpones sombríos tardó un rato en llenarse el hueco dejado por la conmoción que los hermanos d'Almeida acarreaban consigo.

También tardó en calmarse la inquietud perruna de la cocinera paraguaya que no acertaba con las ollas y el comentario musitado de dos o tres peones que habían vuelto a devolver las herramientas.

Por uno de ellos, Casildo López, supe quiénes eran.

—Bastiao matóu muitos yagunsos na revolta de Capanema —dijo López, que era negro—. Bastiao matou o gendarme Tito Schneider, na barra do Santo Antonio... Bastiao matóu a treis dos Lara, en Xapeco-á.

Mané lo arrastró herido hasta la frontera y se baleó dos horas con cinco hombres de la Delegacía de Santa Catarina hasta que consiguió cruzar el Iguazú, con el herido desangrado al fondo de la guabiroba que había robado en Passo Fundo.

Desde hacía meses estaban metidos en el monte y la

necesidad del estómago quizá —el puxo do bixo[33]— y la de provocar los nervios que provocaban, los había hecho bajar al campamento nuestro de la ruta 101, dejando el refugio que tenían en las espesuras de la sierra Victoria.

Al día siguiente, al pasar con el Skoda frente a mi lote, vimos el ranchito recién levantado y alcanzamos a oír el estrépito de los grandes árboles que se venían abajo con las hachas.

Habían empezado.

Por aquellos días bajé a Córdoba por veinte y otros más perdí en el Puerto esperando que el barro de las lluvias diera paso.

En el campamento habían dejado mensaje de que fuera a recibir la roza y que pasarían a cobrar.

También supe que habían peleado entre ellos en lo de Agripino por la Coatí, una mestiza de bugre y polaco.

El lugar era un tugurio en medio del monte que despachaba grasa, tabaco y Cubana Sello Verde y donde la Coatí, que tenía trece años, ejercía en el cuarto trasero.

No quise preguntar más por no darle el gusto a la chismografía de la peonada.

Una tormenta corta y varios días de rutina caldeada vinieron, enervándonos, antes de que Mané reapareciera sólo, adusto y grave, y se arrimara a las carpas después de apoyar respetuosamente la espingarda al árbol donde había atado el caballo.

Me alargó una mugrienta bolsita de polietileno —hasta aquí llegan— con una pierna de pecarí prolijamente cuereada.

Adentro de la bolsita se le habían colado varias moscas verdes, pese al nudo.

---

[33] Hambre.

—¡Para vos, castelâo! —me dijo bruscamente y me acordé de que antes de irme le había regalado un par de balas.

Supongo que las tiró con su arma de caño liso y atado a una rama con alambres y no sé cómo la pólvora blanca no le había llevado media cara.

Eran más o menos las cuatro de la tarde.

El sitio quedaba a seis kilómetros, pero nunca hay que recibir un trabajo sin verlo, así que me calcé las botas y nos fuimos.

Yo iba en el caballo de Mané y el caminaba descalzo al lado.

El sol pegaba un mazazo en la cabeza y el camino, barroso hasta el día antes, estaba reseco, resquebrajado y ya polvoriento.

Mirando al frente se veía ondular la atmósfera viscosa y los árboles parecían arrugarse y achicarse en la luz.

Una ñacaniná[34] atravesó el camino asustando al caballo y se perdió rápidamente en el yuyal de la orilla.

El suelo se hundía aplastado bajo el rojo blanco de un cielo de fragua.

Llegamos cerca de las seis.

Mané estaba inquieto.

Lo había visto mirar hacia el bañado de los sha-shi como receloso de los presagios que emanaban de su vaho cargado, pero no era eso sólo lo extraño.

Había perdido su empaque de guapo y lo notaba nervioso.

La nerviosidad parecía irle en aumento por dentro, tras de las mejillas barbudas y la camisa rotosa que dejaba escapar la pelambre grasienta del pecho.

---

[34] Culebra cazadora de hábitos peridomésticos.

Recorrimos todo el «rozado»[35] saltando sobre los palos quemados y delante de él saqué la cuenta exacta de la superficie.

Después me mojé la cabeza en el salto del Yacutinga y me lavé las manos ante el gesto hosco del hombre ya francamente impaciente.

Asintió lúgubremente cuando observé que era tarde.

Ya el crepúsculo había comenzado a asentarse sierras abajo, hundiendo en el aluvión de sombras la selva compacta.

La ebullición había cedido a la acariciante y sugestiva calidez de la promesa lunar y el monte parecía enderezarse al sacudirse el pesado letargo del día.

Una lechuza chistó varias veces, ululando con sobresalto a nuestro paso con un vozarrón formidable de gigante.

Cuando cruzábamos el primer puente —el del Yacutinga— el brasilero, que estaba cada vez más alterado, se dio vuelta un par de veces a escudriñar ansioso a ambos lados del camino.

A esa hora las sombras crecen debajo de cada árbol, se enredan a la trama intrincada de los tacuapizales y se agazapan fofas entre las ortigas y los yukerí de la banquina.

Los pájaros crepusculares, los murciélagos y un crepitar indefinible que más que oírse parece imponerse a la piel, llenan el espacio que abandona la luz cuando la primera taca[36] marca el comienzo de la hora inquietante.

Me dejaba llevar por el caballo flaco, completamente ausente, cuando sentí un leve roce en el pie.

Era el hombro de Mané que caminaba pegado a mí.

---

[35] Terreno quemado para transformar la selva en chacra y sembrar.

[36] Coleóptero luminoso, tuco.

Me di cuenta en la semipenumbra que el hombre estaba aterrorizado.

El miedo le palpitaba en los párpados pestañudos, en el garguero alborotado, en las sienes hinchadas, haciéndolo mirar desorbitado el imperceptible vaivén de los dos muros de vegetación que flanqueaban el camino que en partes se cerraban encima como el domo de una catedral infinitamente larga e infinitamente olorosa y profunda.

Otra vez me rozó y su miedo me pasó a la bota en un descarga.

La noche ya había cuajado y flotaba ese vago olor a eternidad que tiene la selva nocturna.

Cuando ya llegábamos cerca del campamento, empezó a perder la limpidez sintética por el burbujeante tufo a metano del helechal tétrico.

Los bichos no lo cruzan, ni las mariposas ni los marimbondos[37], pienso que por algo que hay en el aire, a menos que los animales sientan la misma impresión de repugnancia psíquica que produce en la gente.

Cuando pasamos junto a los helechos, Mané perdió todo el sentido de las medidas y se agarró vergonzosamente al estribo, temblando.

Parecía palúdico.

Algo había, algo empecé a ver, algo se acercaba, inminente, irrevocable, terrorífico.

Me reí en el fondo y traté de prender un cigarrillo con la nuca erizada.

Los fósforos se me empacaron por la humedad o por los dedos mojados y se me acabaron en un chisporroteo asqueroso.

Ya llegábamos al otro puente —al del Saviá— cuando

---

[37] Gran avispón solitario.

Mané se largó a correr tropezando con la torpeza chueca de todos los jinetes.

Un aletazo de brisa caliente me cruzó la cara.

Ni una hoja se había movido.

Sentí una leve descarga indefinible, pero nítida, y la sensación ensordecedora del silencio estirado hasta el límite, junto con el reculón del caballo que se me sentó sin hacer caso a la única espuela.

Allí estaba otra vez.

Largo, delgado, punzante, tan distante que parecía sonar más en el fondo recóndito del oído antes que en algún sitio de la realidad.

—¡Bastiao, Bastiao, dexa, me dexa! —aulló Mané, y luego del alarido acorralado se debatió manoteando el aire, gimiendo hasta que cayó y empezó a revolcarse en el suelo como un epiléptico.

Algo lo envolvía, lo cinchaba, lo hacía gargarear acogotado, algo apenas intuido en una cierta conjunción de las sombras indecisas, apenas marcado como un hueco absoluto en el juego inconcreto de las últimas luces.

Y ese picante olor a ozono que deja en las extensiones abiertas las ferocidad de los rayos.

Mucho más tarde me di cuenta que durante ese segundo eterno del estupor había disparado varias veces el Smith & Wesson contra los bultos asfixiantes del crepúsculo.

Mané se enderezó de un salto tras el último tiro y echó a correr hacia el puente, seguido por la jauría inaudible de silbidos que parecía jadear, acezar, entrecortarse a ritmo de galope tras del tipo.

Los cascos del caballo retumbaban sobre el suelo y los ecos rebotando una y otra vez contra los acantilados de vegetación parecían timbales lejanos.

Sin embargo la presión, el peso, la tensión del instante se habían ido.

Al día siguiente llamé la perrita y me fui a recorrer el helechal.

Nada hay más macabro que los sha-shi.

Ese olor prehistórico flotando entre los huesos negros de los tallos, esa angustiosa sensación de atmósfera envenenada, ese fatídico burbujeo del suelo podrido me han desazonado desde que los vi por primera vez.

La misma perrita parecía mustia y tironeaba del tiento para volver.

Al mediodía estuvimos de vuelta.

Vomité y me encerré en la carpa a dormir la siesta a cuarenta y cinco grados.

Martínez fue a ver también y volvió con la misma cara.

Tenía el olor pegado a las narices.

Creí por un tiempo que lo iba a soñar todas las noches para siempre.

Una semana después vino Mané, demacrado, pero rehecho, a cobrar lo que les debía.

Le alargué veinticinco contos[38], el total de lo convenido, pero meneó la cabeza y me devolvió escrupulosamente la parte que le correspondía al hermano.

Me observaba escrutadoramente, esperando que se lo dijera.

—Fui al bañado de los sha-shí, Mané —le dije al fin.

Yo había puesto el revólver sobre la mesa al lado de la almohadilla de las impresiones digitales y del talonario de recibos.

---

[38] Billete de mil cruceiros, antiguo dinero brasilero.

Ni abrió la boca, ni levantó los ojos hasta saber lo que iba a hacer yo.

—Tudo bein —dijo al cabo, serio— esqueça[39] o senhor de nois.

Se quedó un segundo indeciso, restregándose las manos, hasta que enderezó hacia el caballo, alzando de paso la espingarda que cruzó a la espalda y se alejó al tranco a buscar el pique que subía de vuelta a la sierra Victoria.

Solo, y dejando en el lugar la fisura abierta por esa carga de violencia interna y fuerza contenida que llevaba a cuestas.

No lo hemos vuelto a ver, ni creo que baje nunca del Victoria, porque sabe que yo sé donde se lo están comiendo las hormigas a su hermano Bastiaô, con una mueca ambigua sobre su sonrisa de oro y un tajo rojo como un casco de sandía que le va de una oreja a la otra oreja.

[39] Olvídese usted de nosotros.

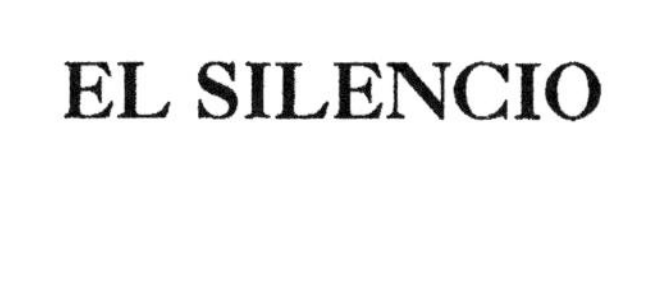

EL SILENCIO

Isla Palacio 1962

Sólo se oía el chirrido de las toleteras a cada impulso de los remos y el rumor del agua hendida. Una leve espuma burbujeaba batiendo la proa, sin salpicar; la canoa cortaba la suave piel de la corriente deslizándose lenta pero firmemente río arriba.

Sobre el hombre que remaba con pausa brillaba la dura claridad que dejaba colar de tanto en tanto la masa espesa de los árboles, cuando a través de un ralo del follaje se filtraba un retazo de cielo quemado.

El sol, arriba, ardía en llamaradas inquietas: pero bajo los árboles inmensos, en los socavones umbríos de la costa, sobre los peñones de basalto morado rugosos de musgo y parásitas, no hacía demasiado calor.

Sólo que uno se asfixiaba igual, como si viajara adentro de un largo fanal sin atmósfera.

Ferenczy miró distraídamente los rojizos peñones que le hacían acordar a dinosaurios en actitudes diversas: las patas ciclópeas y los larguísimos cuellos de grúa hundidos en el barro del fondo, dejando afuera, a la vista, solamente los lomos de escamas carenadas.

Un costillar de mínimos rizamientos en la superficie

del agua denunciaba una corredera sumergida.

Durante las bajantes había que atravesarlas a pie, empujando la canoa, pero ahora era octubre y el río hinchado se desplazaba sobre cojinetes engrasados con la serenidad de una escalera mecánica.

Una semana antes, río abajo, no había tenido que empuñar las palas ni una sola vez.

Ahora el esfuerzo aparentemente liviano le arrancaba una gruesa transpiración que se le secaba en estrías salinas sobre la frente y en los sobacos de la camisa de lona.

A cada movimiento acompasado de cintura, uno por cada cinco segundos, la proa picaba el agua como un gran pájaro pensativo.

Gran cantidad de gwembé-poí —filodendros— y gsipós colgaban de los troncos de los árboles, con un penacho de rizomas en la punta, deteniéndose a diferentes alturas de la superficie.

Esa multitud de cordajes inmóviles en la semipenumbra imitaban la parte de atrás de un teatro muy grande, de profundos telones verdosos.

No corría una brizna de viento.

Todo, los volúmenes y las formas, la misma luz desmenuzada que se filtraba desde arriba, la imagen invertida de los árboles reflejada en el plano del agua, todo colgaba a plomo como los cadáveres embolsados echados al fondo del mar con una bala de cañón atada a los pies.

El hombre pensó que no faltaban muchos días para que el calor creciente hiciera reventar el cielo, desencadenando una fuerte tormenta, y que el río seguiría subiendo.

Ya había cubierto diecisiete de los veintitrés escalones del embarcadero precario instalado frente a su casa.

Después de una o dos lluvias más iba a poder atracar la canoa directamente en la galería.

Al llegar a un recodo donde el lecho se angostaba pareció que el bote se perdía en un caño.

Un tacuaral espeso faldeaba la bóveda de selva, prendido a las barrancas herrumbrosas.

Por una falla del terreno vertía una naciente, una pequeña arteria innominada.

Una orla irisada marcaba el imperceptible límite donde se mezclaban las dos aguas, cristalina la una, la otra suavemente verdosa.

Ferenczy dió un fuerte golpe con uno de los remos y la canoa enfiló hacia la orilla, esquivando los raigones enredados.

Arrimó con el pie el tarro de duraznos al natural que usaba para achicar y lo enjuagó prolijamente antes de llenarlo en la vertiente.

Una multitud de mosquitos de agua se espantaron con el ademán del brazo, deslizándose sobre la superficie vítrea.

El agua tenía el sabor metálico de la lata y un sospechoso dejo a podrido.

Hizo un buche y escupió ruidosamente.

Se había agarrado a una raíz retorcida de guayabo y al agitarla cayó un diluvio de pequeñas frutas rojas que empezaron a boyar lentamente.

Abajo, en lo hondo, alcanzó a distinguir un movimiento mínimo, apenas el gesto de una sombra sedosa, dos, tres...

Después vio los pacúes ascender, arrimarse a las frutas, brillar, salpicar y desaparecer dejando una burbuja tornasolada.

Hacía varios años que Ferenczy vivía en el monte.

Había venido después de la guerra desde una pequeña propiedad en los Cárpatos que tenía una gran casa de piedra de techos redondos que él gustaba mencionar como un castillo y de Europa conservaba un recuerdo amargo.

De este país conocía sólo el puerto siempre atascado, una pensión del bajo, el olor a frituras de los boliches de la Recova, las paredes llenas de afiches y leyendas políticas, el pesado barco fluvial que lo había traído a la selva, el río Marambas y las cinco hectáreas de roza que le habían hecho pedazos las manos livianas de violinista aficionado.

Había hecho una casa de madera con techo de tablillas imbricadas y una modesta verandah donde se sentaba a tomar gin al atardecer.

Llevaba años haciéndolo —todos iguales— y no hablaba.

Simplemente dejaba que la ración de gin hiciera lo suyo, que se fuera la tensión de los huesos y los músculos mientras el mazazo del calor aflojaba.

Ya no era joven.

Por lo menos había perdido la actitud joven de esperar algo.

Vivía, nomás, de unos pocos chanchos, de un poco de maíz y mandioca desmañadamente sembrados, de la carne de un venado ocasional corrido por los perros.

Tres cueros de onza, una docena de cueros de tateto y un par de cueros de carpinchos le bastaban para aprovisionarse de gin, sal, cartuchos, harina, aceite y revistas viejas que le juntaba el almacenero de Puerto Libertad y que ya no leía.

Miraba de soslayo por sobre el hombro de su mujer el

lujoso colorido de comidas que no añoraba, de bebidas que había olvidado, de bikinis en playas lejanas.

Vivía contemplando incrédulo la angustia de Klaren.

Una Klaren que jamás había dejado de ver rubia y gloriosa como en la última comida oficial antes de la derrota, con un vestido de lentejuelas aceradas y un gran escote; rodeada de militares de botas pavonadas y cruces negras al cuello y de civiles de fracs impecables.

Una Klaren de jhod-purs, afectada y alegre, cabalgando junto a él por los bosques prolijos de abetos y frambuesas, saludando a los aldeanos que encontraban al paso.

Una Klaren bastante más joven que él en la que no había visto avanzar las arrugas ni las asperezas de las manos, ni el amarillento color de la atebrina, ni la vidriosa fijeza reticulada de vénulas rojizas de la mirada de los que abusan del alcohol blanco.

Ya estaba cerca.

Un cuarto de hora más a lo sumo.

Los paquetes de «provista» —envueltos en lona encerada— le quitaban estabilidad a la canoa, sin embargo, el hombre seguía avanzando.

Hacía cinco días que faltaba de la casa, pero Klaren no tenía miedo.

Nadie vivía en kilómetros a la redonda —kilómetros de selva profunda— y sólo se podía llegar por el río.

Una toldería de indios quedaba a un día de marcha y a veces alguno de ellos bajaba para cambiar un loro, un mono o un cedazo de esos que fabrican para los turistas por un poco de sal, pero eran inofensivos.

Se quedaban horas al borde del claro cultivado, indecisos, observándolos a ellos moverse en la galería o alrededor del rancho, hasta que al final cobraban coraje y se decidían a acercarse y hacer el trueque; después desaparecían como culebras por un sendero oculto.

De todos modos, Klaren, desde los tiempos de Hungría, sabía manejar el rifle tanto como él.

Dio vuelta en un recodo del río y divisó la casa, agrisada por el moho que cubría los tablones sin cepillar.

Era temprano, pero algo en la quietud de las cosas, algo habitual que faltaba en el paisaje lo hizo sentirse intranquilo.

Sin darse cuenta, empezó a remar con más fuerza, haciendo tambalear la embarcación.

La casa se iba perfilando, trepada sobre pilotes en la cáscara rugosa de la barranca.

Pudo comprobar a simple vista que la crecida había cubierto cinco escalones más.

Uno sólo sobresalía, lamido por el agua.

Al aproximarse, algo empezó a latirle en los oídos, una sensación todavía subconsciente, como la noción que tiene el hombre dormido de que está sonando una sirena de bombardeo.

Algo inmenso, aplastante, rodaba como un tren expreso que se le viniera encima.

Súbitamente cayó en cuenta de que no salía humo de la chimenea de la cocina y un presentimiento angustioso le agarró la garganta.

Los perros ya deberían haberlo venteado.

Ansioso, Ferenczy esperó oírlos ladrar histéricamente en el patio, antes de abalanzarse hacia él mientras amarraba.

Al pisar el único escalón que quedaba fuera del agua, la opresión casi le impidió gritar con voz aguda:

—¡Klareeeeeen!

No tuvo respuesta.

El grito lo hizo sentir desnudo en medio de una multitud.

Ahora sabía.

Lo que sonaba como una locomotora enloquecida, como una desesperada sirena de bombardeo, era el absoluto silencio.

—¡Klareeeeeen! —gritó otra vez.

Seguro que en la soledad había caído en otra crisis, seguro que la iba a encontrar de nuevo borracha en la cama, en medio de su propio vómito, llorando sin sonidos.

—¡Klareeeeeeeeeeeeeeen! —ahora corría.

Atravesó sin ver el mandiocal pelado al ras —sólo quedaban los troncos rojizos de lo que antes había sido un matorral húmedo y carnoso— de un salto trepó los tres escalones que llevaban a la galería y se abalanzó por la puerta abierta.

Un olor ácido, picante, a miel pasada, se le pegó al aliento agitado por la carrera cuando se detuvo acezando.

Todo estaba intacto, los muebles, la mesa, la lámpara de kerosén, pero regado por miles, minúsculos pedacitos de papel desmenuzado.

—¿Klaren? —preguntó con voz quebrada, mientras empujaba aterrado la puerta del dormitorio.

La cama estaba revuelta, anudada, las sábanas desmoronadas sobre un bulto lleno de aristas, empapadas de un líquido meloso.

Tropezó con dos botellas vacías de gin tiradas en el suelo.

La mata rubia caía en una suave onda brillante, gloriosa, sobre la forma de la cabeza cubierta por la tela.

—¿Klaren? —dijo Ferenczy, estirando la mano para

acariciarle el pelo, pero éste se deslizó como una peluca al contacto de la mano y rodó blandamente en el piso.

Debajo, al correr la sábana de un tirón, vio el cráneo casi limpio con las órbitas llenas de hormigas rezagadas que se desparramaron en todas direcciones.

LLUVIA

Eldorado, 1962

—¡Ahí viene! —dijo Alvez.

El otro dio un respingo en la silla tijera, pero después se abandonó imperceptiblemente y la silla crujió con el peso.

—¡Ripol! —dijo, y pensó en el cuchillo de la cocina que estaba junto al fuentón.

Ripol no contestó.

Miraba fijamente una pareja de cucarachas del monte que se tanteaba con las antenas rígidas sobre un manchón de la pared.

Afuera sólo se oía el mugido largo y sonoro del agua que acallaba los pasos del que venía acercándose.

El tercer hombre —Gruber— venía chapaleando en el barro bajo los baldazos de la lluvia.

—Ya llega —insistió el otro angustiado sin moverse de la silla.

Se oía el chapoteo acompasado de los grandes zapatos aplastando el barro engrudado.

Todo se había aquietado tras de la primera ráfaga de viento y sólo quedaba el ruido sobre el zinc.

El ruido sobre el zinc.

Ripol se apretó los globos de los ojos y después se tapó las orejas con las manos pegajosas por la humedad.

El perro acurrucado en la verandah ladró no muy convencido antes de reconocer al que llegaba.

El otro meneó la cabeza, pero Ripol ya había llenado el jarro otra vez.

El ruido sobre el zinc.

—Diablos —dijo el otro, Alvez y miró el techo estremecido y las cucarachas que se retorcían pegadas por la parte de atrás y que crujieron al caer sobre el piso sin separarse...

Después agregó:

—¡Cómo llueve!

Ripol levantó los ojos del jarro que miraba obstinadamente y los fijó con encono en el almanaque grasiento donde una modelo desnuda se tapaba los pechos con las manos enguantadas.

Alguien le había escrito una palabrota en la gloria del muslo lleno.

También le habían pintado bigotes con una birome azul.

El agua golpeteaba con un martillo de mil manos el techo tenso desde... contó minuciosamente, como si ya no lo supiera de memoria, las marcas en la hoja llena de números negros y rojos...

—... ciocho, cinueve, veinte, tiuno, tidós... —aspiró.

Veintidós días.

—¡Dios mío! —gruñó Alvez con un acento de cansancio atroz.

Ripol se alzó de hombros proyectando adelante el labio inferior.

Después escupió en el suelo una bola marrón y se

enjuagó la boca con un buche de caña del jarro.

—¡Idiota! —dijo.

Levantó los ojos al techo y las venas del cuello y de la sien comenzaron a hinchársele y a perfilarse en sus ramificaciones azules.

Parecía que iba a gritar, o a insultar a la lluvia, o a arrancarse con las uñas el sudor y la humedad que se le pegaba pringosa a la piel, en el cuello, en la frente y bajo las bolsas colgajosas de los párpados.

—No tomés más —rogó Alvez, mientras se rascaba con los dedos anchos teñidos de grasa de tractor el bajo vientre peludo que amenazaba escaparse del pantalón mugriento.

—¡Idiota! —volvió a decir Ripol, hablando consigo mismo.

El jarro enlozado se le escapó de la mano para rodar sobre el piso.

La puerta se abrió de golpe y las ráfagas la hicieron castigar contra la pared.

Afuera un telón de escamas líquidas ondulaba en vetas de pizarra a cada empujón del viento.

Después caía a plomo sobre el barro macerado, sobre la gangrena vinosa del camino, sobre el verde negruzco de la plantación.

El gato —erizado bajo la mesa— soltó un maullido agrio que parecía salido de las tripas revueltas y corrió a revolcarse sobre un montón de ropa sucia.

—¡La puerta! —chilló Alvez, y luego, asustado del timbre histérico de su propia voz repitió sordamente, marcando las sílabas...— ¡la puer... ta! —sin poder evitar el tono de rabia contenida.

Ripol se agachó a recoger el jarro y miró de soslayo

hacia el otro cuarto, hacia la cocina.

En el fondo sonoro del fuentón reventaba la gotera con una irritante saña de metrónomo.

Tan, tan, tan, tan, tan, tan, tan, tan, tan, tan, tan, tan, tan, tan, tan, tan.

El cuchillo estaba junto al fuentón.

Se distinguía el brillo duro de la hoja agazapado sobre el mesón labrado junto al bollo amojosado de peladura de mandioca que verdeaba allí desde hacía varios días.

Ripol sintió una oleada de calor trepando desde los dedos a lo largo del antebrazo, mordisquearle los codos y ajustarle el cuello empapado hasta escapar por la punta de los pelos como una carga inducida.

Pensó en limpiar y salir a tirar la basura, pero el impulso se revolvió y murió en el follaje de los nervios antes de que consiguiera mover un dedo siquiera y quedó apoyado en el pesado tablón de palo rosa que servía para comer.

El gato abandonó el montón de ropa, caminó restregando el lomo contra las patas de los caballetes y después contra sus botas, pegándole un estremecimiento al pasarle su carga de dínamo vivo.

Ripol lo pateó bruscamente en la barriga tirándolo al centro del cuarto.

El animal se volvió a mirarlo con los ojos rebalsando de asombro, con una expresión de ternura terrible.

Lo amenazó otra vez con la punta del borceguí, pero el animal desapareció con fulmínea suavidad por la puerta del dormitorio.

—¡La puerta! —volvió a suplicar Alvez, esta vez con voz apenas audible, haciendo un agotador esfuerzo para contenerse de no se sabe qué.

Gruber, todavía afuera, envuelto en un capote de cuero, se rió entre dientes.

Después entró pesadamente, dejando gordas tortas de barro donde pisaba.

—Llegó uno nuevo —contó despreocupadamente— lo metí en la casa de Souza.

Como no tuvo respuesta al comentario, se puso a silbar.

Tan, tan, tan, tan, martilleaba la gota.

—¿No hay qué comer? —preguntó desde el dormitorio, donde se sacaba las botas inmundas sentado al borde del catre.

Las sábanas y las cobijas soltaban un fuerte olor a mojado, a moho y a suciedad rancia y las valijas debajo de los catres se habían cubierto de una eczema verde.

Alvez dejó de hamacarse súbitamente y miró el brillo de insanía que destellaba por un segundo en los ojos de Ripol.

Después los de éste se hundieron al fondo del jarro de caña y al otro le pareció que chisporroteaban en el líquido.

Tal vea fuera sólo el efecto de la luz agónica que escupía el tubo ahumado del farol a presión.

—¡No! —dijo Ripol.

El otro contestó con un chiste que no se escuchó muy bien por el ruido perenne, total, invasor sobre el zinc.

Tan, tan, tan retumbaba el fuentón en la cocina.

El gato volteó una pila de platos buscando comida.

El cascabeleo de la pila de platos derrumbándose dejó a los tres hombres con los pelos de punta.

El peoncito nuevo era un paraguayo bien taco, de bigotito alisado a la brillantina y duros ojos salvajes.

Se arrimó silenciosamente al fuego, echando una mirada de reojo a los muslos de la mujer de Souza acuclillada frente a la olla humeante.

—Hay quilombo entre los patrones —dijo al cabo de un rato el dueño de casa sin levantar la vista de las llamas.

El nuevo hizo girar los ojos inquietos, preguntando sin abrir la boca:

—¿El pago es... sin atraso? —como de pasada.

—¡Até ogi![40] —el otro contestó maliciosamente.

Después siguió con el hilo que traía:

—¡Hace veinte días que la lluvia no para!

La noche estaba oscura y grasienta, muerta sobre la selva golpeada.

Al principio fue un leve ¡crac! apenas audible, junto al tirante de la tercera tijera del techo, pero se repitió una, otra y tres veces.

Crac, crac, crac, crac, crac, crac...

Y cayó un puñado de polvo amarillo y oloroso que se repartió en el aire.

Gruber salió con alpargatas secas del dormitorio y se quedó en la puerta sin saber qué hacer.

No había más que dos sillas tijeras, porque nunca estaban los tres juntos en la casa fuera de la hora de dormir.

Ripol lo miraba apoyado en la mesa con los ojos colorados, acechándolo o provocándolo desembozadamente.

Crac, cra, cra, cra, crac...

---

[40] Hasta hoy.

Alvez también lo miró apretando las mandíbulas sin poder disimular.

Crac, cra, cra, cra, cra, crac...

Otra vez la nubecita de aserrín finísimo se diluyó en el aire.

Gruber se alzó de hombros, miró hacia arriba y dijo en voz alta:

—Es el caruncho[41] —sólo por decir algo.

—¡No! —gritó Alvez.

Los dos volvieron asombrados la cabeza; Ripol y él.

—No —dijo después, moderando la voz— mucho ruido.

Y después, cerrando los ojos y apretándose la frente con las manos como si ya no pudiera más agregó:

—¡Me cago en la lluvia!

—No tengo la culpa —dijo Gruber sonriendo desafiante y se metió en la cocina.

Los otros se quedaron mirándose con los ojos inyectados, concertando un pacto secreto.

Crac, cra, cra, cra, cra, crac...

En la cocina el fuentón repetía tan, tan, tan, tan, tan, tan, tan, tan...

Crac, cra, cra, criiiiiiiii...

Gruber se asomó mascando un pedazo de pan.

En la otra mano traía una olla con restos de fideos del día anterior.

El pan era caucho, la cáscara manchada de verde.

—Están agrios —comentó Ripol por los fideos con voz enconosamente asqueada.

—¡Chancho limpio! —se alzó de hombros el otro.

El rumor del techo parecía moler el aire del interior y

---

[41] Insecto taladrador de madera.

el polvo eléctrico se metía en los oídos, invadía la nariz, se adhería al paladar, se colaba debajo de los párpados.

—¿Qué será? —Gruber señaló con el mentón el chorrito de aserrín que caía del tirante, mientras sorbía un fideo que se le había pegado a la barba de tres días.

Los otros no contestaron.

De improviso un gran cortapalo se desprendió del tirante y cayó girando y zumbando.

Los tres se quedaron mudos esperando algo indefinido.

Gruber sostenía el cucharón a mitad de camino entre la olla y la boca y un largo fideo colgante oscilaba al compás del pulso.

Un chispazo barcino brotó de la penumbra de la cocina y cayó certeramente sobre el cortapalo que se debatía panza arriba dando tincazos para enderezarse.

Se oyó primero un crujido de élitros rotos, estridente.

Después el gato maulló de dolor y trató de arrancarse con las manos las pinzas del bicho, prendidas al tabique de la nariz.

Los tres se rieron y la carcajada fue repartiendo el alivio.

El cuarto pareció que empezaba a vaciarse lentamente de la tensión por todas las rendijas.

Alvez dormitaba con el cuello vencido.

Taran, taran, taran, taran, taran, taran, sonaba ahora el fuentón.

La gotera había aumentado.

Ripol fue al dormitorio, abrió la valija y sacó el violín, acariciando lentamente las cuerdas con la yema del índice.

—¡No, ahora no! —protestó Grubrer cuando lo vio

salir.

Se había sentado junto a la puerta ahorcajado en un cajón y picaba tabaco virgen con el cuchillo en la punta saliente del cajón.

Ripol lo miró furioso y se fue hacia su rincón, a la silla tijera.

Alvez parecía dormido.

Tic, tic, tic, tic, tic... golpeaba el filo del cuchillo sobre el cajón.

Ripol entrecerró los ojos, apoyó la mejilla sobre la caja sonora y agarró suavemente el arco entre los dedos.

—¡Ahora! —dijo—. ¡Es ahora!

El golpe de los tacos de los botines de Alvez sobre las tablas flojas retumbó con un sonido de premonición.

Gruber juntaba la picadura con el borde de la mano cuando el otro le arrebató el cuchillo.

—Todavía lo preciso —dijo Gruber sin darse cuenta de lo que pasaba.

El otro lo agarró bruscamente del pelo, apretando espasmódicamente la mano, y le echó atrás la cabeza.

—¡Epa! ¡Qué carajo...? —gargareó Gruber, sin debatirse, helado.

Ripol deslizó el arco sobre las cuerdas, los dedos se movieron ingrávidos, y empezó a tocar balanceándose suavemente.

A Gruber se le hizo gárgara la última palabra, se atragantó con ella, y sintió un sabor ácido venido de abajo, del fondo de la boca.

Alvez había seguido con los ojos y con el brazo el movimiento ágil del arco.

—¡Añá m'buí, están llorando! —dijo el paraguayo de bigotito brillante.

—¡Nâo... nâo! —le explicó Souza, el dueño de casa—. ¡Es sólo el violín de don Ripol!

A través de las rachas pesadas llegaba el lamento agudo, estrangulado, enredándose, enroscándose, arrastrándose sin poderse detener.

En la casa, Ripol todavía no había abierto los ojos abrazado al violín.

Alvez miraba el cuchillo como si estuviera en una mano ajena.

El gato salió de la cocina, atemorizado, y tardó en arrimarse a lamer la mancha irisada que se extendía cada vez más grande sobre el piso.

YGH'SA'Ú

Remanso'í 1962

El barco entró lentamente en la caleta, pitando.

El murallón verdinegro de la selva rodeaba el embarcadero.

Apenas había sobre la barranca un par de galpones para guardar yerba enfardada, unos pilotes cruzados de tablones carunchados que querían ser muelle y un viejo camión Ford «A» abandonado, con la carrocería harapo-sa, que alguna vez había sido rojo chillón.

Los del barco tiraron los cables.

El primero que bajó —un gordo sudoroso sin afeitar— llevaba en la mano un manojo mugriento de papel.

Era el capitán con el rol de embarque.

El puerto era tan estrecho que apenas alcanzaba a una franja de barranca de veinte metros, cercada a uno y otro lado por la selva.

Se oyeron algunos gritos, voces, algún ¡haut! ¡haut! del puntero y el golpe del tablón que hacía de planchada sobre el muelle apollillado.

Todavía no llegaba el empleado de la compañía a recibir la carga.

Desde la sombra se vio surgir a don Gaete.

Traía en la mano el manojo de llaves y una antigua lapicera yapada con cinta aisladora.

—Mbaepá[42] —dijo el viejo, contestando el saludo del gordo— cómo va capitán.

El otro hizo un gesto de hastío, indiferente y señaló el río con el mentón.

Se notaba la paulatina hinchazón de las aguas cada vez más oscuras ganando imperceptiblemente las orillas gredosas.

Alzó la bolsa de correspondencia preguntando si no venía el paje para que le firmase el recibo.

—Yo lo firmo —gruñó el viejo, ya adentro de la caseta, ofreciéndole asiento y desenrrollando torpemente papeles y planillas sobre una mesa de cocina, y agregó—: viene en seguida.

También del sol, precedida por un tintineo metálico, surgió una figurita envainada que meneaba su chuequera al canto de un par de espuelas demasiado grandes, plateadas al cromo.

Saludó con un aire de cautela montaraz y estiró rígidamente una mano de tiento hacia el patrón que se abanicaba con un pañuelo sucio.

Echó una mirada de reojo a las planillas desplegadas sobre la mesa y después firmó el recibo con la lapicera que le alargaba Don Gaete, agarrándola como a un cabo de rebenque.

Después de firmar quedó un rato al lado de la mesa con los brazos caídos.

Don Gaete y el patrón del barco hablaban de la carga cuando el hombre los interrumpió estirándoles a cada uno la mano rígida y, tomando el saco, desapareció bruscamen-

---

[42] Buen día, saludo en guaraní.

te por la puerta.

Afuera se lo echó al hombro y comenzó a andar seguido del cascabeleo de las espuelas.

En el alto había dejado la mula rosilla atada y ensillada.

Desde allí se veía solamente un retazo del río adormecido entre el cañaveral infinito de las orillas.

El cielo se estiraba sobre la selva como un techo de opalina incandescente, con toda su luz cegadora y todo su ardor.

Abajo, junto al barco, se movían aún los peones cargando los fardos de yerba en la bocaza de la bodega abierta en su lomo.

Sacó del bolsillo de la bombacha un cabito resinoso de tabaco enrrollado, mordió una punta con el costado de la boca donde le quedaban más dientes y guardó el resto.

Después voleó el acordeón de la bota anaranjada por sobre los aperos y echó a trotar picada adentro.

Iba tarareando una galopa de moda que había oído en la radio del encargado de los depósitos y de tanto en tanto botaba por el lado desportillado una gruesa escupida marrón.

Oyó las pitadas, coladas y distorsionadas por la maraña, e imaginó las torpes maniobras tantas veces presenciadas del barco alejándose del muelle abandonado.

Poco a poco lo fue ganando la modorra del sobrepaso.

Taloneó por costumbre a la mula y siguió chiflando el cantito, mezclando en la letra palabras castellanas y guaraníes en esa mixtura que se habla en Paraguay producto de la tregua lingüística entre dos idiomas que no han podido, pese a la constante violación, producir su bastardo e hibridarse.

ama nota de quebranto
huiramí jaula pewaisha
por qué ndére coi consuelo
mi linda paloma blancaaaa...

El campamento de los descubierteros de yerba virgen quedaba todavía a cinco horas de camino y ya rodaba bajo los árboles la media tarde.

Debajo del corderoy compadre de la camisa sintió husmear el hocico del frío que aun en los veranos más ardientes se siente en la selva cerca del crepúsculo por la descondensanción de la humedad. Ajustó la faja a los riñones y se acordó que no había traído linterna, pero sabía que a eso de las nueve iba a haber luna.

No llevaba reloj pero intuía la hora por el ángulo en que la luz rayaba la espesura, por la altura que alcanzaba el nivel de las sombras que crecían desde abajo y por el sabor del aire que se espesaba anunciando la marea olorosa de la noche.

Hacía cerca de un mes que nadie transitaba la picada y se notaba el avance de la vegetación sobre la ondulante cinta de tierra rojiza que habían labrado interminables hileras de mulas cargueras y de pies descalzos de planta coriácea.

Mientras marchaba —impulsado tal vez por un mandato atávico— iba retocando la picada con el brazo libre, cortando un gajo de tacuara echado sobre el paso, un matorral de tabaquillo que levantaba el copete sobre el nivel del resto, un cordaje de gsipó que molestaba desprendido de la copa de algún cedro o un lapacho inclinado sobre el rumbo. Mientras macheteaba mascullaba el estribillo, haciendo bola la letra con el naco.

a shu mina ndo ró to pai
a per de té ma la esperanza
a ceboí rho jhayhú jha hué
mi linda paloma blancaaaa...

Golpeó con el machete sobre un arco de tacuaras que el último temporal había trenzado sobre la huella y al golpear dejó libre la trabazón que se enderezó bruscamente cubriéndolo a él y a la mula de una lluvia de hojas secas.

— ... te ma la esperanzaaa... —iba cantando y— ... ¡heiruuuuuu! —le gritó a la mula, aspirando las últimas letras.

La mula espantada amagó un reculón y una costalada; después se abalanzó para adelante y tuvo que pegarle un par de veces de plano con la herramienta para tranquilizarla.

En la paleta y en las ancas tenía un recuerdo de tigre, de potrilla, y el paje pensaba que quizá por causa de eso nunca le había podido sacar del todo el resabio que le hacía quitar el cuerpo a los ruidos.

Siguió al tranco cortando aquí y allá los brotes y los caídos, esforzando cada vez más la vista para no tropezarse con alguno, sumido ya completamente en esa entre dos luces que esfumina lo oscuro con la claridad en un sombrío negativo, confundiendo la vista con formas sin forma definida, planos sin profundidad y profundidades sin perspectiva.

De lejos sorbió el olor áspero del agua; a poco los cascos de la mula se hundieron en el barro negro de un vado y brotando de una caverna de sombras vio ondular el lomo inquieto del arroyo veteado de brillos metálicos.

El animal resopló antes de empezar a beber a grandes tragos.

El hombre no lo dejó detenerse mucho, lo espoleó mientras aún mascaba el bocado chorreante y salieron chapaleando y hundiéndose hasta la rodilla en los berros.

No debían faltar más de diez kilómetros.

Pensó que don Gaete había entregado mil doscientos cuarenta y siete bolsas en este embarque —había visto la cifra en el despacho por encima del hombro del viejo— canturreó —a ceboí rho jhay jhu jha hué, mi lindaaaa... —se le había quedado grabada esa cifra con toda claridad aunque no le atañía, pensó que Paniagua no había ido a estibar por el chucho, pensó en Almirón, el de la cantina, que le había invitado con una caña cuando fue a pagarle la cuenta atrasada, pensó en el color blanco del barco y en un marinero —no sabía cuál aunque los conocía a todos— que tenía puesto un gorro de fieltro rojo, pensó en un machete Collins muy liviano que había perdido meses atrás yendo de paje de la estafeta también, en un lugar cerca de Puerto Adela, pensó en una turista inglesa que una vez le había pedido por señas que le alzase la valija hasta el mostrador de la aduana argentina, y sin saber por qué, pensó en Abdul Abdalah, el dueño de la tienda «El Cairo», en Foz do Iguaçú, y en ese preciso instante un yacú' poí silbó desesperadamente a su derecha, tan cerca que le pareció que podría haberlo tocado con la punta del machete.

—... huíra mí jaula pewaisha... —se interrumpió—, ¡bicho añá memb'uí! —maldiciendo al pájaro que lo había sobresaltado.

Vio el ojo del pájaro arder en la oscuridad.

Se refregó la espalda secando contra la tela el sudor que había brotado instantáneamente.

El ojo había brillado y se había apagado entre cuchicheos.

Aún no había luna.

La mula seguía hamacando sus orejas pesadas al compás del tranco y resoplaba hurgando con la mirada las sombras que se habían fijado y se perfilaban nítidamente.

El paje estafeta calculó que ya faltaba muy poco para llegar al primer campamento y la modorra le empezó a voltear la cabeza sobre el pecho.

Se imaginó la bulla de la cuadrilla cuando se abriera la bolsa con el par de cartas para el único par de individuos capaz de leer: el capataz y don Aparicio Ayala; las conjeturas sobre el pesaje de la yerba entregada, las cuentas y las ganancias, uira mi jaulá pewáisha, llevaba la noticia que la provista no iba a tardar, pensó en la cara concentrada de don Aparicio Ayala, quién a veces leía en rueda la carta propia y la de los otros analfabetos, el monte estaba totalmente callado y el relente fresco del crepúsculo ya había sido barrido por el pesado calor nocturno, don Ayala acostumbraba a deletrear aspirando una por una las letras y después soltaba de corrido la palabra entera, a la luz cambiante de las fogatas del campamento... jaulá pewáisha... dan dan dan dandán dandánda... de golpe el suelo desapareció, sintió como si algo le arrancara la mula de entre las piernas y clavó las rodillas y las manos en una tierra blanda y grumosa.

El bolso del correo le pegó en la nuca, debía estar en un paraje llamado «ñande'í», ya no tarareaba más mientras corría, se le pasó por la cabeza el machete Collins que había perdido cerca de Puerto Adela, se lamentó de no tener revólver, mientras corría alcanzó a echar dos vistazos atrás y no vio sombra siquiera de la mula desaparecida, esfumada, sólo escuchó que se le venía encima un crepitar creciente que parecía el ruido de una enorme muela livianísima que desmenuzase algo infinitamente quebradizo y leve entre ruedas de seda.

Dos o tres cuadras antes de llegar al campamento —apenas sorbió por las narices el consuelo del olor de las humaredas— empezó a aullar todo el susto que se le había juntado en la disparada.

El capataz lo vio aparecer en el círculo de las fogatas con la bolsa de la correspondencia chirleándole las nalgas y los ojos despavoridos de quitilipi[43].

Después de contar todo atropelladamente un par de veces se miró las piernas doloridas.

Las botas acordeonadas habían dejado la mitad de su pintura anaranjada de tropezón en tropezón y le faltaba una espuela.

Se quedaron toda la noche amontonados junto a los fuegos hablando de ánimas y poras.

De madrugada, con el capataz con escopeta al frente, don Aparicio Ayala, Angelito Mbocayá, que era indio cainguá, del monte, y un tal Oslavio, todos los yerbateros se fueron en patrulla a dar una ojeada.

A poco andar, no más de mil metros del paraje «ñande'í», Angelito Mbocayá, que se venía riendo con los ojos, se agachó sobre la huella.

El paje se apuró esperanzado de que el cainguá hubiera hallado la espuela perdida.

—yghsa'ú —dijo el indio, enderezándose y mostrándole algo que apretaba entre el pulgar y el índice y abrió

[43] Lechuzón de la selva, de inmensos ojos nictálopes.

los dedos dejando caminar el bicho por la palma de la mano.

El capataz y los otros se arrimaron y vieron una gruesa hormiga colorada, con la cabeza lobulada como el corazón de los naipes, del tamaño de las dos primeras falanges del dedo chico de un hombre no tan chico, que abría y cerraba la pinza de las mandíbulas con una determinación sin fisuras.

—Yghsa'ú —corearon todos.

A medida que seguían caminando iban encontrando más cantidad, desperdigadas, furiosas, y tuvieron que empezar a castigarse con los cantos de los machetes las cotoninas de los pantalones para que no se les subieran a las piernas.

El indio señaló adelante con un gesto.

Los que iban primero sintieron un olor ácido de miel hervida, que salía de un socavón de casi dos metros de hondo; una tolva de cinco metros de diámetro con las paredes minadas por mil y mil agujeros, canales y túneles.

El paje se agachó a agarrar la espuela cromada y sacudió violentamente la mano para librarse de las que se le prendieron a los dedos.

En medio del hundimiento, surgiendo de los cascotes cribados de galerías, había un bulto hinchado, espinoso, irisado, hirviente de hormigas —millones— pasando una sobre otra, ferozmente excitadas, sobre una forma cambiante que recordaba vagamente a una cabalgadura arrodillada.

LOS VIAJANTES DE CARBORUNDUM

Eldorado, 1962

Un jeep los esperaba en el Aeroclub.

El radiotelegrafista Horner dijo que eran cuatro.

—Eran cuatro —dijo.

Habían aterrizado en un avioncito de seis plazas, seguramente alquilado, y traían el nombre de él y sus señas anotadas en una libreta.

También alquilaron el jeep.

El primer día, a la siesta, recorrieron toda la colonia y a la tarde fueron a tomar cerveza en el «Copetín al Paso», y sandwichs.

Uno de ellos, el de la cara levantina, pidió palillos y se quedó pensativo, hurgándose los dientes distraído.

Pero Budden supo por el cantinero que habían inquirido acerca de él; sabía que eran ellos.

Hacía quince años que los esperaba.

Vivía junto a la restinga[44] del Teyú'cuaré y el tungal renovado iba a darle este año una buena cosecha.

A cuenta de la cosecha había sacado de la Casa Imlauer un motor Envirude para acoplar a la canoa y con ella pensaba remontar el río en otoño para ir a los dorados.

---

[44] Escollos donde el río no tiene calado.

Desde que llegó y compró ese lote planeaba ir a los dorados.

Tenía también diez hectáreas de yerbal y un pinar de más de veinte, que había plantado con un crédito del Banco Nación.

El río marrón, inmenso, hacía una curva frente a su lote; en la barranca de la costa había un tacuaral cerrado, y allá, a varias cuadras, se divisaba la orilla paraguaya cubierta de selva cerrada.

Sobre la restinga el agua se rizaba traicionera, amenazando con el bajo fondo y con las rocas, pero con la ubá, que no acusaba casi calado, podía cruzar en cualquier época.

Budden había visto el jeep estacionado en el camino que rozaba el extremo de la plantación y había hecho caso omiso de ellos.

Le pareció que observaban los movimientos de la casa con largavistas, pero ese día no dieron otra señal de vida.

—Tenían que llegar —se dijo.

Esa noche preparó la Parabellum, la engrasó y contó siete balas con la chaucha oxidada.

—¡Quién sabe si pican! —se dijo dubitativamente, mirando las manchas verdes sobre el bronce.

Había estado solo los dos primeros años, después de la huida, hasta que pudo comprar el lote frente al río, que le vendió, casi regalado, otro alemán.

Sabía que el hombre era simpatizante, aunque no había ido a Alemania durante la guerra, y supuso que hacía aquello para pagar el compromiso que en su momento no había cumplido.

Después de tener una barraca de tablones más o menos habitable y una chacrita de mandioca y zapallos que le permitía por lo menos alimentarse, escribió a un amigo sin firmar la carta, pero dándole claves para que lo identificara.

Varios meses después le llegó la respuesta.

La trajo un húngaro, Zychy, que le pidió que lo pasara al Paraguay de contrabando.

Lo tuvo tres días escondido en la casa; el domingo fingió que salía a pescar manguruyúes de madrugada y remontó el río a remo porque todavía no tenía el motor.

Lo dejó cerca de Yací'yateré en un bajío y le dio un machete.

El hombre tenía que caminar más de cuarenta kilómetros para llegar a las rutas y se fue sin saludarlo.

Se perdió en el monte enseguida.

La carta informaba de lo que ya casi sabía: Karl había desaparecido en el frente ruso.

Leyó esto sin emoción, sólo pensando que para la fecha debía tener veintiocho años.

Gertrude vivía en la zona oriental y se había casado con un comunista.

Se dio cuenta que hasta ese día había llevado a cuestas una absurda esperanza y poco tiempo después llevó a vivir con él a una guaynita pizpireta de la picada doce a quién solía pagar para acostarse con ella de vez en cuando.

Cuando la chica se hizo a la casa y empezó a considerarlo su hombre, le gustó más hacer el amor con ella que con Gertrude, que era fría.

Esa comprobación le produjo un cierto sentimiento de disminución ante los otros europeos de la colonia, por eso la hacía meter en la cocina cuando lo visitaba alguien.

Hacía eso porque en una ocasión había criticado duramente en público a un francés —Guerin— que tenía su chacra en la picada veinticinco y que convivía con una paraguaya con la que había tenido varios hijos.

Así había pasado todos esos años, hasta que leyó en los diarios lo del secuestro de Eichmann, en esos cables soslayados por las agencias noticiosas en medio de la euforia del sesquicentenario y se dio cuenta que todo ese lapso de olvido que se le había concedido acababa de terminar abruptamente.

Esa noche no pudo dormir.

No había visto más a los hombres del jeep durante el día, ni cuando estuvo tomando un chopp en el Hotel Eldorado, ni frente a la Cooperativa, pero averiguó que el avioncito permanecía en los hangares del Aeroclub.

Los había visto bien el día antes.

A esa hora el gordo Rudy sacaba las mesas de fórmica afuera, bajo unos toldos, y los clientes del atardecer se juntaban a tomar cerveza o gin-tonic y a aplastar con el dedo los mbarigüís que se les prendían a los tobillos desnudos, dejando un medallón de sangre sobre la piel.

Estaban sentados afuera, tomando cerveza y el jeep estacionado de culata contra la misma vereda.

—Checos. Son viajantes —le comentó el gordo Rudy cuando él se refirió de pasada al grupo— Electrodos Carborundum o algo así.

Y efectivamente, dos de ellos parecían viajantes inofensivos, el tercero era un pelado vestido con un viejo traje marrón, usaba zapatos de hebilla con los tacos gastados al bies y un bigote a lo Thomas Mann pegado como un moscardón al labio superior.

Sólo el cuarto, el de la cara levantina, tenía una expresión temible en los ojos oscurísimos.

Él había detenido la camioneta frente al Hotel y cruzado delante de ellos sin que hicieran ninguna señal dc reconocerlo, pero de cualquier modo, cuando el gordo Rudy le alargó los cigarrillos que había comprado, sintió sus miradas clavadas en la nuca.

Tuvo miedo —un miedo espantoso— y decidió huir, cruzar al Paraguay, buscar otro pueblito solitario en medio de la selva donde no hubiera alemanes, volver a empezar.

Transpirando caminó las dos cuadras que había hasta el edificio de la Cooperativa, pasando bajo los toldos del Copetín al Paso sin contestar a un par de saludos que le hicieron desde una de las mesas.

En la gerencia habló entrecortadamente pidiendo un adelanto por la cosecha del tung y el gerente accedió extrañado, mientras lo veía secarse el sudor de los párpados que le nublaba la vista.

Le dieron un cheque para cobrar al otro día.

Sin embargo durante toda la tarde, en la que trabajó con el machete desbrozando el mandiocal como si no fuera a irse y durante la noche que pasó insomne, no pudo librarse de la sensación de astenia o aplastamiento.

Estuvo sacando prolijamente la cuenta de los últimos años, que le parecían de golpe uno solo y muy corto, y fijó con certeza su edad: cincuenta y cuatro.

La cifra se le había embrollado entre tanto documento falso y partidas de nacimiento adulteradas.

Esa sensación aumentó al otro día, y sin saber por qué, aunque ya había cobrado el cheque, aplazó la partida para el día siguiente.

A la noche de ese día, en la nebulosa del entresueño, se dio a suponer que uno de ellos estaba dentro de la cabina telefónica del Banco mientras él cobraba en ventanilla y que lo había visto.

A medida que pasaban las horas se convenció de que efectivamente era uno de ellos.

Prendió el farol a gas y empezó a vestirse febrilmente, seguro de que después de haberlo visto retirar dinero se apurarían a actuar.

Se preguntó si tendrían intenciones de llevarlo con ellos o si habrían decidido matarlo allí mismo.

Él no era de los importantes —siempre se lo había dicho— sólo un eslabón más en la cadena, frente a un escritorio, frente a una mesa de entradas y salidas, había firmado expedientes, balances, había expedido cargas hacia uno y otro campo, sin verlas, sin estar presente siquiera, había remitido por correo las cajitas numeradas con las cenizas en los primeros tiempos, cuando la cosa se hacía sin apuro.

Ni siquiera conocía una cámara.

Había visto los planos de una, la más moderna, una que creía que no se había llegado a construir y una hoja adjunta llena de símbolos químicos y fórmulas de mezclas con una lista de precios comparativos, de dosis variadas y curvas de efectividad y consumos.

¿Quiénes de los que él conocía, que estaban dispersos por toda Sudamérica, por Egipto, en el Kuwait, en Siria, habían visto o palpado más que él?

Quizá algunos soldados de poca monta, algunos oficiales menores, algunos proveedores, capataces de las obras a donde él mismo, sin verlos, los había despachado.

Un malestar hondo lo invadió cuando recordó un legajo pequeño de papel rosado que había sellado casi sin hojear.

Era una licitación por la compra de una cantidad enorme de pelo de mujer, y él le había dado curso.

Recordó nítidamente, era para la Sección Recuperos de Belzen.

Además, estaban las fotografías.

Sus compatriotas de este país, más chauvinistas que los últimos emigrados, juraban que aquellas eran sólo propaganda judía, embustes, y él mismo lo había sostenido muchas veces casi convencido.

Se reía cuando algún conocido argentino le preguntaba por el famoso asunto del jabón y había contado varias veces la anécdota, contada a su vez por otro refugiado, acerca de una comisión que repartía cajones de esos pretendidos jabones a las colectividades de las ciudades locales, o del Brasil, para ser inhumados solemnemente en sus cementerios.

Cobraban dos mil dólares por cajón.

—Pura propaganda —se dijo con rabia, y algo del antiguo convencimiento se le revolvió en el pecho—. Fotografías. Montajes. Ninguno de los que yo conozco lo ha visto.

Pero el malestar creció de golpe, se le sujetó en el hígado, le clavó un punzón en la boca del estómago.

No importaba.

Ellos —los pocos que quedaban— lo habían visto bien y bastaba para que no lo olvidaran jamás.

Había terminado de envolver la ropa y los objetos que pensaba llevar y de meterlos en una bolsa marinera.

De golpe sintió un profundo cansancio, la sensación de que ya no valía la pena, de que todo había terminado verdaderamente hacía muchos años, de que tanto escondite, tanto desplazarse, tanto documento falso, tanto esfuerzo, al final no tenían sentido.

Aquí, allá, en el centro del Matto Grosso, donde se

escondiera, iban a acabar encontrándolo.

Mientras él y sus compañeros vivieran.

Mientras ellos vivieran.

La mesticita lo había mirado acomodar la ropa con los ojos asombrados pero a causa de una vieja costumbre o de una condición de su raza resignada, no había preguntado nada.

Las paraguayas están acostumbradas de nacimiento a que se les vayan sus hombres y a cobijar otros nuevos sin preguntas.

Tampoco había llegado a considerar del todo suyo a ese gigantón taciturno que hacía el amor sin caricias y que pertenecía a un mundo distante al que no hubiera podido penetrar ni con la imaginación.

Budden dejó tirada la bolsa en el centro de la pieza y salió a preparar la ubá para el cruce.

A la vuelta, antes de recoger las cosas, dejó sobre la mesa un poder para el gerente de la Cooperativa y una orden para que se encargaran de recoger la cosecha y de vender el lote.

Algún día hallaría un medio de juntarse con la plata.

Calzó la pistola bajo el cinto y salió afuera.

El aire pegajoso de la madrugada le hinchó los pulmones, el sol despuntaba sobre los cebiles y los lapachos, y una luz fofa, cribada todavía de sombras, se desparramaba lentamente sobre la niebla de la restinga.

Orinó junto al muellecito antes de tirar la soga de arranque del motor fuera de borda.

Allí, dando la espalda al tacuaral, sintió que estaban observándolo.

Se volvió lentamente.

Dos estaban frente a él con las manos en los bolsillos,

los otros, a pocos metros, a cada lado.

Pensó echar mano a la cintura, pero un gesto le atajó el ademán, aunque no lo estaban apuntando con ningún arma.

Se acercaron sin prisa y uno de ellos —ahora reconoció el que había visto en el Banco— lo llamó por su nombre verdadero.

—¿Klaus Wienert, nein?

Con el rabillo del ojo vio una pareja de suru'cuá[45] volando a ras del agua y enredándose en volteretas sobre la niebla esponjosa.

En ese instante se acordó nítidamente de una escena parecida, varios años atrás.

Estaba parado en el mismo sitio y una pareja de suru'cuá volaban a ras del agua y se enredaban en volteretas en la niebla.

Ahora era como si volviera a vivirla otra vez, o como si fuera a vivirla repetidas veces en una forma cíclica.

Los dos hombres que tenía a ambos lados lo tomaron fuertemente de los brazos y uno de los que estaba a su frente, que llevaba guantes, le sacó la pistola del cinturón, se la apoyó en la sien derecha y disparó.

Después lo dejaron caer como una bolsa vacía y echaron a caminar a través del cañaveral.

A lo lejos, por la picada tres, o cuatro, cerca del puerto viejo, se oyó arrancar el jeep y el ruido se apagó y se amortiguó tras del alarido de la paraguaya encerrada en la cocina.

---

[45] Pájaros del agua.

LA INGRATA

Deseado, 1962

El hombre restregó cuidadosamente las suelas embarradas y los costados de las botas con el revés del machete y entró en la casa silenciosa.

El cielo se echaba encima del monte negro y un trueno rodó hacia el Oeste almenado por las sierras con voz de cañón adormecido.

Había tres escalones frente a la puerta y en el tercero, un felpudo casero hecho de tapitas de cerveza clavadas boca arriba en un listón.

Allí terminó de limpiar las suelas de los restos del barro colorado.

Se secó el sudor de la frente y bufó escupiendo el olor picante del aire eléctrico.

Era casi de noche.

En el desplayado asfixiado por la selva, entre los sobrados de los peones, ya aleteaba amarillenta la agonía de la última luz.

—¡Mbae'pá! —oyó a su espalda el saludo de la mujer de uno de los hacheros, que había venido a traer la ropa lavada dejándola sobre un sillón de la galería.

Llevaba el chico colgado a la espalda, sujeto por una

faja hecha con bolsas de Molinos.

La puerta del dormitorio dejaba entrever la sombra cenicienta que ahogaba los muebles sin pintar.

Recién entonces se acordó de ella.

En ninguna parte de la casa había luz.

Un ruido cascado de platos enlozados en la cocina le hizo alzarse de hombros.

Lo había oído llegar.

Otro trueno bramó en el ruedo alquitranado del cielo, largo, hondo, como si arriba hubiera un toro enorme que se resistiera a morir.

Un tenedor, quizá una cuchara sucia, repiqueteó en el suelo erizando el ambiente sofocado.

Las botas retumbaron en el piso deslustrado cuando el hombre entró a sacar la botella de la mesa de luz.

Todo estaba revuelto, la cama destendida, recordando las vueltas y revueltas del calor y del insomnio, la ropa sucia tirada sobre la silla chueca.

Me hubiera quedado en el monte, se dijo, pero había que traerle de comer.

Quizá las antas bajaran esta noche de tormenta al barrero[46] y había perdido la oportunidad.

Sonrió, se alzó de hombros y pensó que a ella no le importaba.

Extrañaba ahora la frígida pero equilibrada soledad de antes, sin compromiso, sin ternuras, sin nadie a quién cuidar.

Enjuagó el vaso empañado y le vació adentro un cuarto de botella.

¿A qué carajo encariñarse con la primera guacha que se cruza?, pensó, sentado en la galería acribillada por los

---

[46] Lugar donde bajan a beber los animales en los arroyos.

reflejos de los bichos de luz.

La luna primeriza surgió del perfil de la vegetación y un cururú[47] mugió en la naciente llenando la noche nueva con la vibración acuática de la voz.

Todavía no había prendido el farol a presión.

Por eso el sapazo cantaba cerca, esperando la muchedumbre de barboletas y cascarudos que atraía la luz.

Todas las noches, al encender el farol, llegaba empujando la panza blanca con las patas cortas a mirar con ojos de académico alucinado la pupila ígnea de la lámpara.

De tanto en tanto y como a pesar suyo soltaba el resorte de la lengua para tragar un bicho, lo acomodaba en la garganta con un par de contorsiones cosquillosas y continuaba absorto en su estática contemplación.

Tampoco el cururú, que pesaba más de dos kilos, era un amigo desinteresado.

El hombre picó un extremo de la soga de tabaco agrio —el «amarelinho»— lo calzó con el índice en el hornillo de la pipa grasienta y se recostó sobre el respaldo de la reposera, respirando hondo y dejando deslizar la noche enaceitada por los brazos abandonados y las rodillas trémulas que no conseguían librarse de la tensión del día.

Miró el cielo espolvoreado de estrellas y contó por milésima vez los Siete Cabritos, que parecen nueve, y acechó el inconmovible escorzo de las Tres Marías, abrochadas a su soporte invisible.

Después de un rato escupió el ardor del tabaco sobre el piso de tablones, cerró los ojos y pensó detenidamente en sí mismo con la fruición de un prisionero solitario.

Sentía un terrible abandono, una espantosa orfandad.

La segunda copa le hizo dar un brusco giro como el

[47] Gran sapo del Paraná.

de los boomerang, y aterrizó en la penumbra húmeda y alegre como un mono que recién recupera la libertad.

Las cadenas se habían roto.

Luego la soledad circundante, la selva enemiga y el hambre de comprensión y compañía lo alcanzaron en plena acrobacia y sintió al mono oscuro adentro de su pecho buscar una horqueta entre las arterias y sentarse a llorar su miseria.

Se llevó el vaso lleno otra vez a la boca, el vaso era real.

Sintió un ruido suave, deslizante, apenas casi menos que un ruido, un capricho del aterciopelado silencio pero siguió desconsoladamente tirado en la reposera incómoda frente a la piel de la noche llena de suaves calambres.

Se movía en el otro cuarto, distante, ajena.

Luego de ese, hubo otro ruido tintineante de frascos sobre la mesa, y el crujido infinitesimal de los tablones del piso bajo la presión de alguien muy liviano.

Y la noche otra vez, la catarata de wisky barato y la soledad asfixiante.

Sintió los pasos apretándole el corazón uno a uno.

¿Por qué la había recogido?

Con todo lo que había perdido era bastante.

Llenó otro vaso y lo tomó de un trago —apenas entibiándolo en la fragua de la boca— y el calor del alcohol pareció cobrar substancia en el estómago, vaporizarse, crecer, ensancharse y juntarse, traspasándolo a la atmósfera agitada.

Una laguna informe circulando a través del enrejado de los huesos quebrados y de la carne salada por el dolor.

Si hubiera podido matar la sed del recuerdo, ahorcar la fuente, quebrar definitivamente todos los cuellos, uno por uno, con las dos manos, si hubiera podido encimar los pulgares sobre las gargantas y ahogar, hundir los axis con el canto de la mano, de un sólo golpe, un sólo orgasmo definitivo, apretar, apretar...

¡No!

Se aterriza como un gavilán en una boca abierta, las alas derrotadas en la caricia, el grito desparramado en murmullos, creyendo que esta vez es cierto, que es la última, que es posible.

Que durarán las extensiones marinas de la ternura, que se han sujetado los huracanes agrios de la voluptuosidad, que se han... ¡por fin...! desflorado las profundidades de un único remanso, hecho un pez de sueños.

Llegó otro crujido del cuarto, mientras volteaba la botella sobre el vaso haciendo chorrear el último líquido color de caramelo con un cloqueo congénere al vozarrón del grueso cururú de la naciente.

—¡Vení! —llamó—, ¡vení!

Un grueso tuco chocó con la tela metálica de la ventana, rebotó y siguió subrayando la oscuridad con su tiza fosforescente.

—¡Vení!

Algunas estrellas cambiaban de lugar desordenadamente, se oía el ruido de los árboles creciendo mientras masticaban la tierra con las grandes raíces, y se fijó que los bultos que había confundido con los sobrados de los peones eran grandes murciélagos que chirriaban como sifones vacíos aleteando suavemente para secarse las alas correosas en la brisa del río.

¿Cómo se pierden las cosas?

No sabía.

Un día se escapa una caricia recién nacida,

balbuceante, que revolotea, busca, resbala hacia otra piel estremecida y no la encuentra.

La piel puede estar cansada, el ojo deslumbrado, es cierto.

¿Acaso el amor es compatible con alguna bondad?

—¡Vení! —repitió.

No podía sobrevivir a las bondades.

Aunque hubiera caído otra vez en la tentación en la selva aterida de luciérnagas y arroyos fantasmas.

Vendría, sí, aceptaría las caricias y los regalos, tibia pero ausente.

¿Quién podía conocer las íntimas y profundas razones de la hembra?

Él también la había traído convencido de que era un acto de bondad.

La vio necesitada de comida y abrigo, huérfana, abandonada; le hizo un pequeño lugar en el cuarto ordenado, entre el tabaco, la botella, la carabina y los sueños tranquilos del atardecer.

Le pareció que esos ojos fosfóricos, suaves, infinitamente cálidos y hambrientos lo habían elegido para siempre.

Había abierto para ella un tarro de viandada y un lugar en el cuarto hermético.

Nadie, después de años de soledad, puede resistirse a esa femineidad tersa, primaria, envolvente, a esa intuición para el mimo, a ese talento para el juego delicioso de la indiferencia desvalida.

Las pisadas suaves llegaron hasta la puerta y se detuvieron.

El hombre se alzó de hombros otra vez.

Era lo de siempre, esperaba que la llamara insistentemente antes de aparecer.

Algo sentía adentro, quebrado, y sin embargo, vivo, ardiente y sin embargo muerto.

Más tarde, en la cama, le pondría la cabeza redonda sobre el brazo desnudo, le apoyaría la nariz tibia en el cuello, haciendo ruidos con la garganta, pero eso era parte del entrenamiento, póliza del instinto, costumbre del sexo especialista, pero nada en la soledad llena de murciélagos, donde se espera encontrar algo esencial, nada en la selva de los nervios pelados, donde perdido se sueña olvidar el repertorio aprendido para hallar los verdaderos orígenes y la respuesta final.

Nada.

—¡Vení! —llamó el hombre y miró la luna opaca al trasluz de la botella vacía.

Tembló desde los dedos hasta la garganta seca al contacto con la superficie lisa del vidrio.

Los horcones de la casa se habían inclinado hasta casi cuarenta y cinco grados.

Sin embargo sabía que la casa adolecía de la fidelidad cargosa de la fibra vegetal, del clavo y del tornillo y que su inconsciencia no le iba a ayudar cayéndosele encima.

Uno de los enormes murciélagos levantó vuelo, era una tortuga chata de largos bigotes que arrastraba el viento en flecos como una cobija rota.

Una lata rodó por el patio y golpeó contra los cepos de la casa.

El hombre mordió el borde del vaso vacío y se clavó las uñas comidas en la frente.

—¡Vení! —volvió a gemir, atragantándose con la náusea que se le desprendió del estómago y subió, subió como una burbuja en un pantano, hasta la boca.

Había perdido las capas de afuera y sólo quedaba desvestida una semilla de dolor insaciable.

La puerta del dormitorio se entreabrió silenciosamente y asomó la mitad del cuerpo largo y elástico, apoyándose casi ingrávida en el marco, con los contornos dibujados en la sombra.

El hombre levantó los párpados arrancando los ojos del viento, de las chozas destechadas y los árboles descomunales que se balanceaban enloquecidos.

Ella se desperezó pegada a la mesa, entrecerrando los ojos verdes, perfectos, arrugando la nariz y abriendo infantilmente la boca que parecía querer despellejar la noche ardida con la hilera de dientes parejos.

—¡Vení!

Sí, venía.

Se le arrimaba, se acariciaba a sí misma contra la mano sedienta, con la técnica completa, argumento y pago, deber a veces, mandato instintivo, todo lo que no falla sólo por la mecánica inmutable de las cosas.

El hombre sacó la Luger lentamente y apuntó entre los ojos que se agrandaron ausentes de su gesto.

Se dilataron hasta ser del tamaño de lagos y todo el cuerpo pareció crecer, electrizar el cuarto y aproximarse y alejarse en un vaivén satánico.

Luego se empequeñeció, recuperando sus dimensiones de montón caliente y hambriento sobre el que sólo vivía la fría indiferencia de la mirada oblicua.

Apretó el gatillo, pateó la puerta y se tiró a la noche, cruzando a grandes pasos frente a los sobrados de los peones que se apretujaban junto a los fogones, llamando, llamando...

—¡Ah... gringo caú[48], otra vez se le ha perdido gata!

[48] Guaraní: borracho.

—dijo uno de ellos tiritando.

El hombre gritó y gritó en la tiniebla, disparando contra el viento hasta vaciar el cargador; pero estaba demasiado lejos para que la gata perdida lo pudiera oír, en la tormenta desatada.

LA GUERRA DEL YAGUARETÉ

Deseado, 1962

La noche era una pasta oscura, pareja y sin formas.

La luna salió amenazando guadañar el denso algodonal de las nubes, luego se perdió borroneada en el vapor palpable.

Había llovido durante quince días y recién hacía uno que el castigo del agua daba una tregua a la selva empapada.

El tigre abandonó el nido que se había hecho en el tacuarembozal y echó a caminar por un sendero apenas marcado que bordeaba un bañado; el pelo pegoteado y hediondo, el cogote erizado por los nervios del hambre y la inactividad.

Cruzó un cañaveral goteante y trepó por una de las pedreras resbalosas que cubrían la vertiente oriental del Melena, hasta llegar a un valle chico, que era una capuera vieja, donde hacía dos años había brotado un incendio durante la temporada seca.

El animal no alcanzó a llegar al centro del valle.

Algo lo había hecho detenerse de golpe, algo anormal que captaba sin poder definir y que le arrancó un gruñido bajo de desconfianza y curiosidad.

Estaba justo delante de él, inmóvil y confundido con las sombras.

Oyó un murmullo sibilante, ahogado, y guiándose por él distinguió entre las no-formas de la oscuridad, el origen de la onda.

En el centro del capuerón había una carpa.

Encima de la lona se quebraba imperceptiblemente un retazo de luna y de ella partía un efluvio punzante.

El tigre tosió suavemente, estupefacto.

Instintivamente comenzó a lamerse la dura cicatriz que le avanzaba desde el sobaco hasta la mitad del costillar.

El olor-efluvio-sensación le hacían recordar vagamente aquella ocasión, pero no era exactamente lo mismo.

Aquella vez se había arrimado al campamento de unos bugres transeúntes, los había visto voltear palmeras con gran barullo y gritería y luego armar esa extraña cueva endeble parecida a una trampa; había observado parpadeando que hacían algo prolijamente con las manos: cultivaban una planta movediza y brillante, el fuego.

Esos indios tenían un olor agridulce a miedo y a humo; pero las emanaciones de la carpa eran de distinta índole.

Alzó el hocico, paladeándolas intensamente.

Aquella carpa cobijaba un ser colérico, salado y temible.

Se sentó sobre las patas traseras —olvidado del hambre— y las pupilas verde berilo se le agrandaban y achicaban al compás de la curiosidad que lo hostigaba.

—¿Oíste? —preguntó el hombre gordo, que tenía las manos coloradas manchadas de aceite de motor, mientras alzaba la carabina que estaba apoyada en el catre.

El otro hombre, delgado y más alto, se enderezó dejando caer sobre las sábanas la revista que estaba leyendo.

—¿Oíste? —insistió el otro.

—¡Shhhhh! —contestó el que se levantaba, enganchando las alpargatas con la punta del pie y agarrando la carabina.

—¡Es él! —gruñó el primero con la voz ahogada.

El farol a presión silbaba quedamente, embadurnando las paredes grisáceas de la carpa con su luz mantecosa.

Otra tos, más baja y más grave, se arrastró por el suelo e hizo vibrar perceptiblemente la lona tensa.

Aquella vez de los bugres había bramado por gusto, exultante.

Había acercado el hocico al suelo y había dejado salir un bramido largo, trémulo, impaciente, furioso.

Los indios habían gritado; una criatura lloró destrozándole los oídos, el vocerío agudo y asustado de los hombres se desparramó junto con los tizones y las brasas humeantes que aventó a diestra y siniestra al saltar sobre el fuego.

Después, la flecha tirada a quemarropa se le prendió en el sobaco como un tábano certero y maléfico.

Había saltado otra vez quemándose las suaves almohadillas de las patas con las brasas y apenas en el tiempo que lleva dar dos o tres cachetadas con las garras afuera había despanzado dos o tres cuerpos livianos y se había perdido en la oscuridad bramando de furia.

Todos eran iguales, armadores de trampas y lazos, medrosos y mudos, iban de aquí para allá, con sus hembras panzonas y sus andrajos, con sus flechas y su miedo de milenios.

Los animales cazadores estornudaban de asco cuando se cruzaban con sus rastros hediondos, se divertían asustándolos con rugidos y voces ubicuas, se cebaban robándoles los perros hécticos y bramaban y bramaban llenando las noches en el juego de hacerlos gemir y verlos avivar apurados el fuego.

Sin embargo, los que vivían en esa trampa cuadrada eran otra clase de seres; emanaban amenazadoramente un misterioso hálito agresivo.

Una catarata blanda, geométrica —un cubo cegador— brotó de pronto de un costado de la cosa y avanzó instantáneamente sobre él, haciéndolo recular estupefacto y arrancándole un inútil zarpazo que se perdió en el aire.

Adentro de la carpa cultivaban otra especie de planta hiriente que no quemaba, pero que se incrustaba en los ojos dejándolos momentáneamente ciegos.

El tigre bramó encandilado a la forma que asomó a la luz del farol Petromax y reculó otra vez, rechazado por la carga de seguridad y firmeza, salada y colérica.

El hombre llevó la carabina a la cara y el estampido precedió en la noche a la abeja zumbona de la bala.

—¿Erró, ingeniero? —preguntó el gordo desde el fondo de la carpa.

—¡Era grande! —fue la respuesta.

La palanca del cerrojo quebró la noche al extraer la bala.

—¡Va a volver! —dijo el gordo.

El ingeniero dejó las alpargatas al lado de la cama y se metió entre las sábanas sofocado.

—Estaba deslumbrado —dijo para justificarse.

El otro seguía de pie, en calzoncillos, mientras las mariposas revoloteaban agrandadas en la luz, empapelando de sombras siniestras el techo de lona.

El agua de la naciente venía barrosa todavía.

Quince días de lluvia desbocada habían lavado las barrancas rojas y el barro arrastrado no había alcanzado a asentarse.

El tigre clavó las uñas en un tronco caído dejando cinco largos surcos rectos y luego alzó el hocico y aspiró hondamente en la mezcla de olores que arrastraba la brisa.

Después trepó sobre el tronco que estaba inclinado sobre el curso del arroyo y se puso a esperar con las aguas del pelo niqueladas en la luna.

El hombre de la carpa era nada, con todo y ser más alto que los indios; podía destrozarlo de un sólo chirlo o quebrarle el cuello con una torsión de la mano.

Sólo tenía ese olor belicoso que echaba por delante y ese estampido terrible.

Comenzó de nuevo a lamerse la herida vieja y a pensar que siempre había recorrido la selva sin temor, sin que nada ni nadie se atreviera a disputársela.

Ni el pequeño león amarillo de las cuevas de los cerros, que vivía de seguir a los indios y comer las sobras que éstos dejaban tiradas.

Por eso había podido hasta ese día bramar libremente en la claridad de los plenilunios, bebiendo el sabor del monte con los pulmones llenos y haciéndolo trepidar con la manifestación de su poder ilimitado.

—¿Pero ahora?

No, ahora se metía ese mono que se envolvía en trapos porque no tenía cuero y de algún modo instintivo sentía que venía a quitarle lo suyo.

—¡No!

A lo sumo aguantaría unos meses y los mbarigüises y los pernilongos terminarían por correrlo, si no se encontraba antes con una yayarará'cuzú o una urutú dorada que lo dejaran tendido en el tiempo de un suspiro.

Un crujido leve le hizo erizar el bigote y sus pupilas; retractándose en el amanecer vieron moverse entre el vaivén del follaje el perfil esfuminado del venado que esperaba.

El animal movió las orejas confiadamente, aspiró el perfume del agua y dobló el cuello sobre la corriente.

Movía velozmente la mínima cola, como hacen siempre los venados cuando comen o beben o dormitan durante la siesta atroz en la frescura de los ortigales.

El tigre saltó, los dientes crujieron sobre la cruz y el cuerpo se desarmó aplastado por los noventa kilos de fuerza y músculo.

El venado apenas alcanzó a suspirar un balido agónico, salpicando el agua con un grasiento goterón de sangre.

El tigre lo volvió con una mano, lo mordió suavemente tras las mandíbulas, sobre las yugulares hinchadas, y sorbió y sorbió mientras el corazón alterado le bombeaba la sangre en la boca.

Después lo dejó que pateara los últimos estertores mientras se lamía el pecho y los brazos empapados de sangre.

Aquel al que el otro llamaba ingeniero salió a orinar

al amanecer con el revólver en la mano.

Sobre las crestas del Melena, al Oriente, se veía asomar un leve resplandor rojo.

Había oído el balido agónico de una cabra lejana, pero las sombras ceñudas permanecían quietas.

El peón caminaba arrastrando los pies descalzos por la orilla de la naciente llevando un balde en cada mano.

El sol de las siete ya empezaba a picar sobre los hombros desnudos, junto a los mbarigüises y los mosquitos.

El hombre se detuvo y soltó un largo suspiro de cansancio.

Bostezó ruidosamente, seguro de que nadie lo veía desde las carpas, y luego se dispuso a bajar por la tosca escalera recortada a hacha en la tierra colorada de la barranca.

—¡Ingenieros aná'mbuí gastan mucha agua, demasiaaado! —se quejó en su castellano rengo de paraguayo.

—¡Agua de mañana, agua al medio día, agua a la tarde, agua, agua demasiaaado! —siguió—, ¡debe ser perjuicioso tanto baño!

Se agachó sobre el pozo donde siempre echaba a beber la bocaza de los baldes, pero se enderezó enseguida.

El agua corría espesa, aceitosa, cubierta de cuajarones de sangre negruzca.

El peón, que se llamaba Justo Agüero, alzó la visera lentamente, viendo de antemano lo que sabía que iba a ver.

Era él, el pintado.

Los cuartos pelados del venado apuntaban hacia el

sol y un carancho crédulo esperaba pacientemente el mediodía de la putrefacción para bajar a trabajar sobre los restos.

El viejo reculó despacio, despacio, sin querer mirarlo a los ojos y los baldes quedaron abriendo la boca junto al cauce.

Al rato vinieron el ingeniero y el chofer.

El ingeniero tenía una reglita en la mano y se agachó junto a la osamenta para tomar las medidas del rastro que había quedado dibujado en el suelo. Después marcó el tamaño con la uña para que viera el otro.

Enseguida se fueron todos y sólo quedó el viejo Agüero llenando los baldes, clavando los ojos de tanto en tanto en el monte espeso y murmurando: «¡ah, pintado viejo!» respetuosamente, hasta que terminó y se fue chuequeando por el peso, no sin volverse un par de veces con recelo.

Recién entonces el tigre salió de atrás del helechal desde donde había observado todo, bostezó hacia el carancho que lo miraba con un solo ojo, y se alejó caminando pausadamente.

Esos monos pelados tampoco eran un peligro, miraban ciegos a uno y otro lado, sin ver.

Los tábanos empezaban a encarnizarse, por el calor, así que buscó amparo en un tacuapizal cerca del dormidero.

Por el camino se encontró con el puercoespín que venía trotando a pasitos cortos haciendo castañetear las púas enojado y se apartó filosóficamente del paso del bicho que pasó como si no lo hubiera notado.

Las mariposas azules volaban de aquí para allá, buscando las gotas sobre las hojas y los gusanos medidores, de todas las especies y tamaños, reanudaban su impaciencia por comer y comer y avanzaban sin rumbo fijo tomando las cuartas de su agrimensura dislocada.

Un marimbondo le rozó la oreja, furioso, pero no se detuvo a picarlo en la prisa.

Iba apurado a hacer su horno antes de que se secara el barro.

Encontró un palo caído en el camino y en un arranque le dio dos o tres golpes rápidos haciendo saltar las cortezas rajadas dejando sin casa a una miríada de cascarudos y termites.

El sol agudo le empezó a picar el lomo a través del follaje ralo, así que apuró la velocidad hacia el dormidero que había abandonado la noche antes.

Pasaron varios días de digestión pesada hasta que se le ocurrió ir a vigilar otra vez a los intrusos.

La vida en la selva es una sucesión de saltos y modorras, harturas y descansos.

Si el sol agosta los cerros y queda algún pasto verde en los bajos, cerca de los bañados, allá van los venados y las antas guiados por un influjo desconocido que les dicta sin error que es en aquél bajío —cerca de tal bañado, o en tal cañada y no en otra— donde está la comida.

Si empieza a voltear la fruta el palmito, allá van los tatetos de a dos o de a tres, hasta que se juntan cientos, andando a tientas, perdiendo tiempo en cada hozadero o en cada barrial para hundir el hocico afiebrado, pero acercándose inexorablemente hacia el lugar que les marca ese mensaje recibido quién sabe a través de qué ondas, desde el palmital que ha madurado.

Y los animales cazadores se sienten compelidos por los flujos y reflujos del constante éxodo mudo y siguen las anchas rastrilladas o las casi imperceptibles sendas, pillando los rezagados de las tropas, alguna hembra solitaria o alguna cría huérfana.

Sin embargo no fue la casualidad cruzándose en una de sus idas y venidas la que lo llevó otra vez a las proximidades del campamento.

En realidad, esos extraños hombres que caminaban sin cautela, que hablaban a gritos y arrastraban extraños aparatos, habían polarizado la vida de la selva.

Los loros chupinos, que pasaban chillando y atisbando por entre las copas la chismería del mundillo de abajo, esponjaban las alas y batían la cola cada vez que divisaban las caravanas avanzando en fila india tras del incesante golpeteo de los machetes.

Los coatíes, marchando en caprichosa simetría de movimientos, siempre en hilera de mayor a menor, bufaban excitados por los insinuantes olores de la basura que los tipos desparramaban por donde pasaban.

Una pareja de ñacaninás que siempre habían tenido su cazadero en el capuerón se mudaron a otro lugar bastante alejado.

La prisa de las dos víboras se veía en el zig-zag nervioso de las huellas.

Algo las había asustado verdaderamente y eso que la ñacaniná no le tiene miedo a nada.

¡Sí!; estos charlatanes ruidosos habían inquietado a todo el mundo.

Los incendios esporádicos brotaban aquí y allá, sin ton ni son, a cada rato, y el golpeteo de las hachas se escuchaba retumbar incansablemente.

Los gritos de los capataces hacían trepidar la húmeda quietud que se arrastra entre los tallos de las plantas a ras del suelo y de noche las mariposas, los gusanos, las hormigas y los cascarudos se dirigían en procesión interminable hacia los faroles del campamento.

Y esos hábitos milenarios, esa quietud de edades, ese silencio intemporal, eterno, que habían sido alterados, se rebelaban enervados en la tensión indefinible de la tierra misma.

La séptima noche después de haber muerto el venado junto a la naciente, el tigre no pudo resistir más el impulso y volvió a vigilar a los invasores.

Llegó hasta donde era el comienzo del capuerón: flotaba en el ambiente un polvoriento tufo a quemado.

Los tucos y las luciérnagas rayaban la noche baja y las estrellas rodaban en la altura.

El olor a cenizas ácidas fue haciéndose cada vez más insoportable hasta que el animal se encontró pisando una franja limpia que partía la selva en dos.

Miró por sobre la ramazón y la troncada hecha tizones y vio que ésta se estiraba lejísimo, hasta el infinito Norte desde el infinito Sur.

Los de la carpa habían cortado el mundo como un pan.

La luz difusa de la luna se volcaba purulenta y sucia sobre los dedos tronchados de los raigones, sobre las grandes osamentas chamuscadas de los árboles volteados y sobre la recocida tierra colorada del suelo.

Estos hombres no querían azuzar tropillas de perros histéricos detrás de los habitantes de la selva, ni intentaban atraparlos con ridículas jaulas de piso movedizo.

No, estos hombres no pretendían llevar en los lomos fardos con los cueros de los animales cazados con estruendosas escopetas de avancarga, ni rascar la tierra con palos filosos para plantar raíces o semillas, ni pretendían siquiera vivir en la selva.

Nadie sabía qué querían estos hombres.

Sólo se podía presentir que eran más poderosos que la tormenta, que el sol y que el fuego que manejaban a su antojo, más aún que el gran río, padre nutricio de todas las selvas.

Decidió matar esa noche.

Miró hacia atrás por sobre el lomo, dibujado para el disimulo y el escondite, aspiró la noche y bramó como antes nunca había bramado.

Porque no bramaba para amedrentar a los indios indefensos, ni para hacer temblar a los venados, ni para espantar al anta para que corriera hasta caer en sus garras, ni urgido por el sexo para llamar a la compañera solitaria, sino que bramaba porque había decidido hacer la guerra, recoger el reto.

Bramó una y otra vez en la noche eterna y plácida como un lago único, mientras trotaba en pleno rozado quemado hacia el campamento de los hombres. Y continuó bramando cuando vino a sumarse a su rabia el desencanto y la frustración: en el lugar del campamento sólo quedaba la tierra apisonada donde habían estado las carpas, tachonado de latas vacías donde se pringaban meticulosamente las hormigas.

No quedaba otra cosa.

Nadie.

—¡Topadora! —dijo el viejo Agüero la primera vez que la vio.

—¿Topadora? —se rieron los ingenieros al oírlo, y

cuando uno de ellos mandó a llamar al conductor con uno de los peones, éste, para asegurarse preguntó...

—¿Almirón, el de la topadora? —y la Caterpillar D14 quedó bautizada para siempre.

En efecto, tenía una gran testuz de acero que hincaba implacablemente en la tierra requemada, forcejeando y empujando con las poderosas orugas mientras mugía acompasadamente con esa estolidez del metal y esa seguridad del dinosaurio que sabe cuánto le sobra de poder.

Los hombres sacaron sus cálculos, apuntaron con sus teodolitos y niveletas, ficharon sus brújulas y soltaron la topadora sobre el camino nuevo.

Y la máquina, consciente y precisa, insensible e incansable, empezó a rugir día y noche empujando, rompiendo, emparejando, arrinconando la selva contra la banquina.

Una bandada de tucanos vio la máquina trabajando inmersa en el mediodía profundo.

Se pusieron a graznar y a entrechocar los picos de plástico alelados por el tamaño del nuevo ser y por el barullo que metía.

Luego fueron las voces rodando, agrandándose, estirándose.

El viejo carayá, barbudo y cascarrabias, que se pasaba el día rascándose y murmurando trepado a un cedro lindero a un antiguo bananal abandonado, se decidió a bajar al oír la bulla, cruzó el bananal a pie, semiagachado, arrastrando los nudillos de los dedos; se arrimó prudentemente a la banquina y miró con ojos tristemente incrédulos las idas y venidas del monstruo.

Antes de regresar a su refugio, al crepúsculo,

acompañó un rato el ronquido isócrono del motor con sus quejumbrosos aullidos.

Al final los hombres se cansaron de la letanía y le tiraron un palo.

—¡Fuera mono viejo, capón! —le gritaron.

Después fueron los antas.

Dos machos jóvenes, más atrevidos, cruzaron el haz de luz de los focos, zambulléndose en su ósea tibieza de charco lunar.

Un tamanduá[49] se quedó suspirando frente a la máquina detenida, mientras le echaban gasoil y se alejó suspirando también cuando esta reinició la marcha.

Así, todos los animales de la selva, uno tras otro, primero uno, otro después, fueron trabando relación con el monstruo enorme y resollante, familiarizándose con su voz y habituándose a su tranco ruidoso.

Sólo el tigre, desde aquella noche que irrumpiera en el vivac abandonado, no se había resignado a la presencia de la intrusa.

En cinco días recorrió la extensión de selva que había entre el gran río y el camino recién abierto, bramando en los piques solitarios y templando la garganta al rojo en las pequeñas nacientes y arroyos que fluían a desembocar en él.

Tardó una semana en volver hacia el Sur, siguiendo las cumbres del espinazo de la formación de la meseta, sorbiendo con las narices ardidas las heladas de la altura y cruzando de cuando en cuando las tolderías de las pocas tribus sobrevivientes en esa parte poco trillada de la selva.

Y otra semana más le tomó volver al cazadero habitual, reclamado por la desazón y el ansia de exterminio

---

[49] Oso hormiguero.

que no había logrado aplacar.

En menos de un mes había recorrido el perímetro de unas treinta mil hectáreas deshabitadas y en todo el recorrido no había encontrado ni rastro de otro tigre, ni de ningún animal carnicero, fuera de los rastros escasos del leoncito amarillo que vive de las sobras y de los huesos que le tiran los indios.

No había más tigres.

Los hombres vigilaban atentamente el golpeteo del motor y verificaron el ángulo que formaba la cuchilla sobre la bóveda del camino.

—¿Verificaste el agua? —preguntó el que manejaba al ayudante.

—Lleno —fue la repuesta.

El chofer echó una mirada rápida a los relojes del aceite y del combustible.

—Está gastando mucho aceite —comentó.

—Lleva quinientas treinta y seis horas sin parar —explicó el ayudante.

—Va a haber que levantarle la tapa uno de estos días —dijo el otro— dice que vienen dos más.

—¡Mejores que ésta! —dijo el chofer, palmeando la chapa del capot posesivamente—, en cinco años no me ha dejado nunca a pie.

—Son más grandes —porfió el ayudante, aburrido.

—¡Bah! —dijo el otro.

Las unidades selladas metían dos hondos lanzazos paralelos en el jarabe de la noche.

—¡Lo viste? —gritó sobresaltado el mecánico y se metió en la cabina ligero como una laucha.

El otro levantó la vista instintivamente.

Antes la cabina tenía una puerta envidriada, pero se la habían sacado por el calor.

El ayudante le apretó el hombro convulsivamente, gritando.

—¡Lo viste? ¡Lo ves? ¡Se viene! ¡El tigre! ¡El tigre!

El chofer levantó la pala y apretó el acelerador.

La máquina se meneó sobre las orugas calzadas y se tiró contra el bicho que se le venía encima.

Hundió con el hocico el radiador recalentado y uno de los focos voló al primer zarpazo.

La quijada del monstruo se alzó una y otra vez espasmódicamente y el tigre mordió, golpeó y arañó sin piedad y sin éxito, rompiendose las uñas sobre la chapa del capot y partiéndose los dientes sobre las defensas de fierro.

Después el monstruo le dio un topetazo en un costado; oyó aturdido, con las orejas apagadas contra el cogote y anudado en sí mismo, cómo toda la cristalería resquebrajeada de los bulones y engranajes se le echaba encima y parecía destrozarlo, disgregarlo, triturarlo entre el loco girar de sus dentaduras circulares.

El monstruo incólume siguió avanzando tuerto y seguro, apuntando siempre adelante en la noche la mirada fija de su ojo supérstite.

—¡Lo atropellamos! —gritó el ayudante con voz aguda.

El chofer viró a uno y otro lado frenando alternativamente cada una de las orugas, hasta dar vuelta toda la máquina en el rumbo contrario.

Había buscado con el vientre ciego y las cadenas el bulto hecho papilla que debía estar abajo.

Después se apearon cuidadosamente, llevando uno

la llave inglesa y otro la pala, y se arrimaron a la mancha oscura y brillante que se veía en el suelo entre las marcas de las orugas.

—¡Se alzó! —pudo por fin decir uno de ellos.

—¡Cómo pudo... bicho ardiloso, añá'mbuí!

El tigre estaba en las orillas del gran río, espantándose las moscas con tincazos de las orejas.

Había andado ciento cincuenta kilómetros durante la noche, y ahora, al mediodía, al enfriársele las heridas, se sentía míseramente apaleado y derrengado.

La paleta del ventilador le había cortado tres dedos de una mano, el hocicazo de la máquina le había roto algo por dentro y una parte de la pierna le colgaba inútil.

La otra orilla se estiraba en el horizonte, agrisada por la distancia, salvaje y muda.

El tigre miró largamente el agua barrosa, en las pupilas aún habitaba la brasa que iba a continuar sosteniendo ese cuerpo golpeado y rengo, pero imbatible.

Al cabo de un rato se enderezó trabajosamente y entró caminando en el agua, hasta que dejó de hacer pie y tuvo que avanzar con dolorosas brazadas.

Fue derivando, derivando, hasta que casi al final del día pudo salir estornudando en un bajío de la banda.

Uno a uno vendrían más tarde los otros animales, los que no murieran de hambre o fueran exterminados, los que no se achicharraran al sol cuando ya no hubiera más sombra, porque el dueño de las topadoras había ganado la guerra.

CAZADORES

CHAHUANCO

Orán, 1958

La «cuña» había secado la voluntad de ese chahuanco.

Se creía una reina.

El indio podía preguntar, podía pedir.

—¿M'ba té toro mena?... ¿prestále la cashí al toro? —pero sin ningún asomo siquiera de exigencia; era una solicitud implorante.

Algo así como invitarla a recorrer ciertas regiones suavísimas de la luna o de la noche, apenas una insinuación.

—¡No!

Y ella se iba desdeñosa taconeando sobre unos brillantes zapatos ordinarios, envuelta en una ajustada pieza de seda roja, húmeda de agridulce sudor en las partes donde se toca con el cuerpo lustroso.

O sí.

Dependía del humor, de ese calor obsceno de la tarde tropical o del hambre ansioso que a veces tiene la piel cuando sólo envuelve una salvaje soledad.

—¡No!

Aguara se quedó viendo el último resbalón del trapo floreado que quedaba prometiendo algo en el hueco de la puerta prendido por un alfiler de luz.

En los ojos le quedaba la forma voluptuosa de las caderas redondas donde titubeaban las flores moradas del paño.

Flores del año pasado, flores del carnaval pasado.

—¡Inservible! —le había escupido ella.

Es que el ingenio había parado, el desmonte también, y esas flores desteñidas por más de un sol la hacían rabiar de desdicha y de vergüenza.

A veces tenía ganas de matarla —sin duda lo haría uno de estos días, se decía— pero cuando ella se desprendía el alfiler de gancho que sujetaba la percalina sobre los hombros y la dejaba caer a lo largo de los miembros con una crujiente caricia ya no tenía más ganas de matarla.

Era un regalo imprevisto, pero así es la «cuña», la mujer.

Pero una vez la había abandonado.

Se había ido a gastar la paga con el tape Juan, con Carrizo Yaguané y Salomón Ambu-á.

Salomón era el nombre de un tío de Cristo, había dicho el pastor Coleman de la misión evangélica.

No se podían haber divertido más.

Tomaron caña a baldadas.

La caña, cuando madura, se chupa el sol por los penachos verdes.

Y uno se traga el sol y el sol crece adentro y da vueltas.

—¡Qué baile, qué macha, aquella vez!

Era el miércoles de ceniza del verano pasado.

Cuando ella estrenó la tela floreada que ahora le producía tanta tirria.

Él trabajaba bien, cobraba bien, llevaba provista al

rancho montón, por eso se podía dar el lujo de caerla poco en cuenta, porque estaba rico.

—¡Aquí está esto! —le había dicho tirando el paquete sobre el catre.

El turco Maluf lo había envuelto en celofán después de elegir todos los billetes grandes del bollo que Aguara tenía en el puño.

Ella lo había desenvuelto hábilmente con la punta de los dedos doblando el papel y enrollando la cinta; lo había olido —ese grato perfume a desinfectante— lo había tanteado con la punta de la lengua rosada de gato y él le había dicho después:

—¡Me voy al baile! —ya cerrando el tablón de la puerta casi con desprecio.

Así es la «cuña», la mujer, de agradecida.

Era miércoles de ceniza y tocaba el baile de los animales.

Él se había tragado el sol de la botella verde y estaba tan lleno de sol que se había vuelto tigre.

Le dieron el cuero del tigre.

Todos tocaban en tambor.

Le dieron la uña del tigre.

La noche se volcaba entre los árboles y la luna crecía en los patios olorosos.

Todos se encenizaron las manos y la cara, y gritaban:

—¡Aieeee! ¡Aieeee! —con voz de duelo.

Era miércoles de ceniza y los animales estaban tristes.

Los animales bailaban porque estaban tristes —todos en las uñas del horrible calor— y el tam-tam del tambor los entrelazaba en una selva de sonido y angustia y la ceniza ácida se pegaba al sudor.

Él se ató la nariz del tigre delante de la nariz y los gruesos bigotes le salían en un pirincho de la frente.

Se ató las manos del tigre a las muñecas y las patas a las rodillas y era un tigre parado en dos patas que arrastraba la cola.

Entonces, el sol de adentro rugió, reventó, le subió desde el estómago hasta la boca a juntarse con el tambor.

Miste Nelson, de la administración, estaba sentado en un banco largo fumando su hedionda pipa y atusándose el bigote de barba de choclo.

Cristiano, ese hombre no debía estar allí.

La «cuña» estaba detrás de Miste Nelson.

Él era el tigre.

Tenía las uñas del tigre en las manos, el atributo de su poder.

El sol volvió a rugir.

La tela floreada se le pegaba a la carne como una piel a la «cuña».

Detrás del Miste Nelson.

En el catre era inquieta como una llamarada, caliente como una llamarada, voraz como una llamarada.

Detrás de Miste Nelson.

Pero él era el tigre y esta noche era su fiesta.

Estaba en su derecho.

—¡Aaaaaieee! ¡Aieee! ¡Aieee!

Tenía adentro el sol y afuera la noche era una hemorragia de petróleo negro.

—¡Aaaaieeee! ¡Aieee! ¡Aieee!

Salió un anta gordo y pesado y comenzó a huir delante de él, invitándolo, provocándolo.

Salió la corzuela.

Delgada y elegante, con tranco de tacuara joven, daba

saltitos livianos y enérgicos.

Él jadeaba y rugía detrás, dando vueltas y vueltas en círculo.

Se había olvidado de Miste Nelson.

Se había olvidado de todo lo que fuera tema de memoria humana, sólo tenía memoria de tigre, memoria de chahuanco[50] cazador.

Aguara, el perro.

Aguara, el tigre.

Salió el carpincho bigotudo, la iguana coleadora, la onza aceitosa y ladina, el tímido acutia, el mono inquieto y el loro gritón, todo envuelto en plumas verdes y amarillas.

Sangre, ahora el sol pedía sangre, un arroyo de sangre, un río y una lluvia de sangre.

La corzuela bailaba alternativamente en un pie y en otro y balaba lastimeramente.

El tambor ataba los tobillos, las rodillas, el vientre y la garganta a lo loco.

Ya estaba más cerca, más cerca, más cerca de esa carne que hervía, apretaba fuertemente las uñas y el sol se le escapaba por la boca.

Más cerca, más cerca, más cerca...

Desnudo adentro del cuero áspero se contorsionaba cada vez más frenéticamente mientras el tambor aceleraba su ritmo, anhelante, deshecho, viviendo sólo en el filo feroz de las uñas y en la punta del sexo al palo.

Más cerca, más cerca, más cerca...

El ritmo del tambor sufrió un síncope y dejó que el silencio cayera sobre la tierra pisada y se clavara en ella.

El mono saltó sobre el loro, el onza saltó sobre el car-

[50] Tribu guaranítica del sur de Bolivia y norte argentino.

pincho, el zorro saltó sobre el anta, aullando.

El tigre saltó sobre la corzuela y entró, rompió y clavó convulsivamente las armas enhiestas y se revolcaron los cuerpos y se empaparon las pieles y los cuernos y las bocas y los sexos en la roja barbarie del coito.

Luego el tigre se quebró en un orgasmo súbito y Aguara, exhausto, desnudo y encharcado en semen y ceniza quedó temblando boca arriba mientras el sol que había tragado se iba licuando lentamente en un brillante vómito que se le desbordaba sobre el pecho.

Misté Nelson también había tomado mucha caña, pero no tanto.

Tenía la noche metida en el pecho y la distancia hasta Londres y un feroz recuerdo de la última joda en un cabaret de Buenos Aires...

Rodeó la cintura de la «cuña» con el brazo, después le metió desde atrás la mano reseca entre los muslos, luego la subió por entre un revés de la tela suelta bajo la axila empapada para agarrarle un pecho duro como un mango verde y después se la llevó casi a empujones hacia la Ford que había estacionado lejos, entre los árboles.

La mujer se reía enseñando unos grandes dientes como granos de maíz blanco.

Aguara durmió mezclado entre los cuerpos en el patio, y el borde de la luna se afilaba en sus mejillas cubiertas de baba.

Suruguay —el changarín del turco Maluf— le dijo a Aguara en la cantina:

—Esos zapatos colorados que tiene tu mujer los llevó Miste Nelson la semana pasada.

Otra semana más y Misté Nelson no pudo comprar más zapatos ni colorados, ni de ningún otro color.

Una de las vagonetas del ramal de trocha angosta que rodeaba el cañaveral lo había atropellado al amanecer del domingo, cuando hacía footing por la vía para hacer trotar el perro.

Se supo que era Miste Nelson por la ropa, porque el rostro estaba irreconocible; el policía salteño no se explicó nunca cómo el encontronazo, por fuerte que hubiera sido, había podido machacarle la cabeza de esa manera.

—¡También!... era un gringo que le gustaba mucho tomar, y domingo, iría borracho por la vía.

—¡Comprá zapato! —había dicho Aguara en la cantina con helada malicia.

El ingenio cerró.

Aguara probó en los desmontes, pero la «cuña» se cansaba de vivir en el chaguaral bajo un bendito de chapas de zinc.

Ya no era la de antes, la del monte.

Volvieron a hundirse en el hueterío de los alrededores de la ciudad fronteriza a mirar las moscas todo el día.

¡Y el verano!

Se acercaba el Carnaval y no había plata para vestido nuevo.

—¡Hombre! —le dijo ella un día—, ¿por qué no volvés al monte? De muchacho, «mi'ái», eras muy cazador.

Era cierto.

Pero ella había majado y majado para venirse a los poblados por ver la ciudad y por ella se habían ido quedando.

Aguara, convencido, descolgó la escopeta y se fue a ver a Maluf.

—Chahuanco precisa cartucho, coca, picadillo, «gaeta» y... —lampaceó con la mirada las cosas espléndidas que había en la tienda.

—¡No, noo, nooo, todavía! —le mezquinó el turco la mercadería—. Todo para vos cuando me traigás los cueros.

Después le mostró un papel escrito aunque Aguara no sabía leer.

El turco le explicó en seguida.

—Ochenta, los yacarés, doscientos, los «carbinchos», veinte, los majanos , y mil los onza... ¡mil!

Era una cotización oficial, garantizada por el gobierno, así que tenía que ser buena, dijo Maluf.

—¿Anta? —preguntó el indio.

—No compra —dijo Maluf con cara de asco, pero después pensó que un buen cuero le podría servir para sacar algunos tientos para riendas, y agregó—: ¡Uno sólo! ¿eh?... me trae uno sólo, «¿entenderés?»

El chahuanco asintió con la cabeza:

—«¡Entendío!»

Fue y habló con Carrizo Yaguané, que tenía un carro y vivía en el último lote del ingenio, junto al chaguaral.

—¡Dejar la «cuña» sola en la ciudad! ¿No?

Ahora era distinto.

Lo iba a esperar.

Él volvía al chaguaral para darle el gusto y poder sacar de todo en la tienda de Maluf.

Él había dejado el monte y la escopeta para conformarla y le había ido mal.¡Mala pata!

Nadie puede atar una «cuña» bonita a la desgracia.

Ahora era distinto, volvía a lo suyo, a lo que sabía hacer, esta vez impulsado por ella misma.

La iba a conformar con todo lo que le iba a dar Maluf.

Mucho «toro mena», mucho.

Una «cuña» bonita merece solamente que un hombre trabaje o cace, por lo menos.

Cuando llegaron al final de las picadas con el Yaguané, echó todo en un mochilón del ejército.

Llevaba cerca de cinco litros de caña levantada con alcohol puro, la escopeta y los cartuchos, un arco nuevito con dos docenas de flechas con punta de acero Collins, dos puntas de fija de lancear pescados, varias trampas de mandíbula y un rollo de alambre blando.

Entró al monte con el corazón renovado, la alegría en la cabeza y los pulmones llenos de los anchos olores del verdadero mundo.

A la tarde, casi entrada la noche, llegó al borde del estero del Pintascayo y armó con dos o tres machetazos un huete mínimo donde el agua no amenazaba la firmeza del suelo podrido.

De la espesura verde y pareja le llegaban los gritos de los patos y algún chapaleo furtivo.

Ya se había despojado de casi toda la ropa pueblera y macheteaba desnudo, brillante de sudor, rodeado por un halo iridiscente de moscos amarillos.

Cuando terminó de subir la noche encendió un fuego con un montón de cortezas y cañas secas y colgó el tacho del agua del horcón del huete con un alambre.

En el camino había matado un quirquincho con la fija, lo puso boca arriba en las brasas para que se le fuera derritiendo la grasa amarilla que separa la carne de la cáscara y cuando vio que la grasa burbujeaba lo empezó a hurgar con un palo y fue arrancando los pedazos con los dedos hasta que se lo comió íntegro.

Solamente él se animaba a meterse en los esteros, sabía donde había animales y las sendas y los rodeos por donde andaban.

Había yacarés de tres metros.

Había mucho carpincho.

Y en los altos, los chanchos majanos —los pecarís los llamaba Maluf— se juntaban de a treinta o cuarenta según el tiempo.

Ya había comido y había eructado largo cuando de la oscuridad salió una serie de cortos aullidos despavoridos y sintió el traqueo de las cañas al paso de un animal pesado que disparaba.

Preparó la escopeta y la asentó contra el horcón del huete.

Enseguida oyó el silbido hueco y después un mugido ronco y trepidante como el ronquido de un camión que se le muere el motor subiendo una cuesta.

—¡Agarraste un anta! —pensó, dirigiéndose al cazador— lástima que tu cuero no valga.

El fuego se agazapaba sobre las cenizas.

Aguara acercó más la leña, echó unas ramas para hacer llama, se envolvió en las colchas hilachentas después de tomar un trago largo del brebaje que tenía en la damajuana y se quedó instantáneamente dormido.

La «cuña» sola en el pueblo.

Él iba a volver con mucha plata.

Aguara, el perro, el cazador.

A los pocos días llegaba a reabrir el ingenio un porteño —un tal Jiménez— que tenía una voiturette color cereza.

La reina enseguida volvió a andar con zapatos nuevos, envuelta en terciopelo azul marino con una franja roja y blanca como la bandera de Francia.

El Sedal sobre el ala de cuervo del pelo, el Palmolive en la piel y en la entrepierna, el Odorono en las axilas y la Colgate sobre el maíz blanco de los dientes, la habían transformado en una diosa.

Los pantanos estiraban su silencio vaporoso hasta distancias borrosas de una ignorada geografía, pero bajo el cielo bordado de bejucos, entre esqueletos de árboles fantásticos y flecos de enredaderas increíbles, Aguara se orientaba con una precisión que él mismo no podía explicar.

Ese claro entre los juncos —igual a todos los claros— era el canalón que tenía que evitar, aquel árbol apenas distinto a los otros árboles que emergían entre la neblina del metano, era el árbol que tenía que tomar de referencia, las montañas, que no veía por estar hundido en la manigua, estaban de aquel lado y los bajos del contrario.

Su ente biológico funcionaba como una parte del conjunto de un organismo y él tenía del todo un conocimiento, o mejor una especie de receptividad para indentarse en él semejante a la noción interna no analítica ni razonada que tiene el cuerpo de sus propias partes; un pie, de la distribución de sus músculos, una garganta del lugar de las vísceras, un cerebro del lugar de sus arterias de irrigación.

Aguara había nacido cazador; pero había aprendido a

vivir en pueblos y obrajes y a los pocos días lo empezó a asaltar la melancolía y la soledad.

Había entrampado algo: varios gatos, algún carpincho y media docena de pichones de yacaré colgaban del alambre entre dos árboles, junto al huete.

Linterneaba los yacarés caminando por lo seco al lado del agua; pero los carpinchos se le iban porque no había llevado perro para empacarlos y los tenía que agarrar al acecho.

Con diez cueros buenos de carpincho pegaba la vuelta.

Ya tenía marcadas dos tropas, una de nueve y otra de once.

En la de nueve andaban dos o tres maltones, en la de once los grandes rastros hundidos en el barro de la costa diferenciaban los machos de las gruesas hembras todavía preñadas.

Entre las dos tropas debían andar seis o siete machos, en cuanto a las hembras preñadas...

—Coquena[51] —pensó, y un incómodo temor lo confundió por un instante.

Había estado pensando completar los diez cueros con algunas hembras.

No se matan hembras, era la vieja ley del monte.

En medio de la maraña inextricable de bejucos y prejuicios, Coquena —el padre-madre de las cosas— velaba por la continuidad de la vida.

No se matan hembras, era la ley vieja.

Aguara no pensó nunca transgredir la ley vieja.

En cuatro días juntó cuatro de primera, cuatro grandes machos toro, peleadores, pero con el cuero intacto.

---

[51] Espíritu protector de los animales.

Por dos días más no tuvo suerte, ni con la escopeta, ni con las trampas, y lo empezó a tirar de noche el recuerdo de la «cuña» y la nostalgia del pueblo.

A la mañana siguiente había un onza en el trampero.

Aguara llegó cuando el bicho ya casi se había roído al tronco los dos dedos que tenía agarrados y le puso un certero tiro a quemarropa en la cabeza.

Si completaba los diez carpinchos, Aguara volvía con una fortuna.

El embeleco y el apuro lo tuvieron en vilo los próximos dos días así que cuando se topó con la tropa grande de carpinchos no miró por macho ni por hembra y dejó los cinco grandes tendidos en el suelo.

De la panza de las hembras sacó once carpinchitos cegatones que aún no tenían pelo; pero no quiso llevarlos para comer y los abandonó angustiado sobre el barro blando.

Llevó dos piernas de los más gordos de vuelta al huete, y aunque inquieto, se llenó hasta reventar, acuclillado junto a un fuego alegre.

Esa noche, inexplicablemente, hizo frío.

En el barrial helado no cantaron los rococos ni siquiera una luciérnaga ni un tuco cortaron la densa oscuridad espesada por el frío; una niebla sucia se plateó entre las sombras deformes carcomiendo la quietud con un vaivén alucinatorio.

Aguara tenía casi intacta la provisión de caña mezclada con alcohol y empujado por el terror y la temperatura empezó a tomar sin pausa.

Cinco litros es mucho hasta para un chahuanco, así que a medida que el nivel de la damajuana iba bajando las formas terribles iban cobrando vida, hasta que todo el pantano de ecos atroces se transformó en un delirio de saurios alados, de trasgos caminantes y demonios rítmicos que avanzaban en un compacto batallón aullante.

Aguara disparó contra un tigre de ojos rojos que dejó escapar por la herida una bandada de murciélagos que silbaban; de las ramas colgaban serpientes largas como trenes —los lomos color herrumbre— y los árboles tenían uñas y colmillos que se entrechocaban, listos para despedazar y para morder.

Aguara agotó los cartuchos contra el silencio sublevado, gastó hasta la última flecha, que se perdió en el vacío y encaró con la lanza para hincar la oscuridad que se le echaba encima bañándolo con un aliento podrido; la vista fija en una creciente amenaza.

Entre el vaivén fatídico de las sombras, se movía una sombra.

Lentamente se fue despegando del cuerpo monstruoso y trémulo de la vegetación trémula y monstruosa para arrimarse con movimientos pesados pero seguros hasta donde él estaba.

Se agitó el juncal a su paso de engendro y la cosa empezó a caminar sobre el agua que ardía en reflejos fosfóricos.

El suelo firme tembló al llegar la silueta indefinida a la orilla.

Aguara, con un alarido de desesperación, agarró un tizón encendido y lo tiró contra el aparecido, pero al dar contra ese cuerpo sin substancia la llama se achicó en un chisporroteo y la brasa restante rodó por el suelo con un resplandor mortecino de mineral enfriado.

La cosa siguió acercándose con un movimiento reptante y a los pocos metros su informidad sin ojos —detenida frente al horror del hombre— se animó en una fijeza de mirada infernal.

La voz hecha de un eco de caverna, de un eco de fuego gimiente y de piedras partidas le arañó los oídos a punto de estallar.

—¿Qué has hecho de la madre? ¿Qué has hecho de las crías? —oyó Aguara desorbitado.

—¿Sabés lo que me cuesta alimentar esos guachos que has dejado?

Y una mano rugosa —una mano de raíz y corteza— se alzó de la forma y clavó sobre la frente del indio el índice de hielo.

Despertó dos mañanas después con la ropa medio quemada, la cara revuelta por el gesto sardónico de la hemiplejía y un lunar color hueso sobre la ceja.

No estaban ni los cueros, ni las trampas, ni el alambre ni la escopeta.

A los Carrizo Yaguané, que vivían cerca de la punta de la picada por donde Aguara había entrado a los esteros, les costó reconocer en ese viejo manco de cara torcida al mozarrón que habían traído hacía poco.

Pero al tiempo y a través de medios recuerdos y medias palabras pudieron conjeturar sobre la desgracia de ese hombre.

Coquena lo había tocado por castigo.

Al pobre Aguara se le había muerto media res y el miedo se le había prendido como una sanguijuela en el corazón mustio.

Ya no sirvió nunca más para nada.

Mientras, la «cuña», la reina, había aprendido a usar corpiños y jeans y a pasearse sonriente en la voiturette color cereza.

EL CAZADOR